U0730665

马家辉————

著

暗处
袭来一道掌风

城市漫游的谵妄狂想

生活·读书·新知三联书店

Simplified Chinese Copyright © 2025 by SDX Joint Publishing Company.
All Rights Reserved.

本作品简体中文版权由生活·读书·新知三联书店所有。
未经许可，不得翻印。

图书在版编目（CIP）数据

暗处袭来一道掌风：城市漫游的谵妄狂想 / 马家辉
著. -- 北京：生活·读书·新知三联书店，2025. 6.
ISBN 978-7-108-08066-0

Ⅰ . I267.1

中国国家版本馆 CIP 数据核字第 2025FK3822 号

责任编辑　崔　萌
装帧设计　赵　欣
责任校对　张国荣
责任印制　李思佳

出版发行　生活·讀書·新知 三联书店
　　　　　（北京市东城区美术馆东街 22 号　100010）

网　　址　www.sdxjpc.com

经　　销　新华书店

印　　刷　北京隆昌伟业印刷有限公司

版　　次　2025 年 6 月北京第 1 版
　　　　　2025 年 6 月北京第 1 次印刷

开　　本　720 毫米 ×965 毫米　1/32　印张 8

字　　数　118 千字　图 18 幅

印　　数　0,001 - 8,000 册

定　　价　53.00 元

（印装查询：01064002715；邮购查询：01084010542）

目录

前言　起步的理由

开始散步，想来跟韩国演员河正宇的一句话有关。他说："我累了，我要走路了。"

初听时，觉得有点莫名其妙。累了，不就应该躺着休息吗？怎么还要出门走路？想不通，便不去想了。每晚饭后感到疲累，往往躺在客厅柔软的沙发上，打呼噜，睡大觉，然而愈睡愈累。某个夜晚忽然记起河正宇说过的话，暗想，好吧，他可以用走路解决疲累，我为什么不可以？试试也好，反正家旁边有个公园，公园里有长长的步径，走一走，不碍事。

由此开启了我的散步之旅。

五六年以来，晚饭后都散步，起初只走半小时，渐渐，一个小时，再渐渐，一个半小时，直至汗流浃背才归家。河正宇说得半点不假，走路足以消除疲累，原来"疲累感"许多时候源于精神而非肉体，而肉身的移动能够提振你的精神，然后倒转过来，精神替肉身注入了活力。当散步结束，疲累感消散，我生龙活虎地归家。

散步久了，我当然不再把路径局限在公园里。我走出社区，走向街头，我喜欢在横街窄巷的里里外外徘徊，用眼睛去察看，用耳朵去聆听，用鼻子去嗅闻，我努力探索正在发生、想象曾经发生以及未来有可能发生在路上的故事。故事既跟物有关，也跟人有关。道路因人而设，人在路上活动，路的故事离不开人的故事，当我们谈路，其实同时是在谈人。人的喜怒哀乐与贪嗔痴、挫败与狂喜、恼恨与向往，一代一代地轮回，往往相近，却又各以不同的形式进行、实践、碰撞、延续、中断……世上不可能有"千人一面"。千人，反而很可能会有万面，说出来和没说出来的话，真正做了和想做却未去做的行动，心里的光明和黑暗以及明暗之间的暧昧，所有人的故事其实都是尚未终结的故事，没有定稿，有的只是裂缝和表象，里面有着太多的空间让任何人各自以不同的方式去述说、想象、添补、质疑、赞叹……而这也正是听故事和说故事的最大趣意，故事替所谓的现实打开了无数的窗户，个体生命和整体世界都由是变得更有弹性、更为广阔。也许正如赤濑川原平等人在《路上观察学入门》里说，在道路上张望考察最大的乐趣源头，"大概隐藏在破坏与重建的交会点"，"神隐藏在路上，这是最后的自由，当我们在街上漫步，发现了有趣之物，会感到如释重负，仿佛这时候眼睛才又真正属于自己，整个城市似乎也比较令人自在"。

散步之余，我偶尔把在路上的所思所感写成短文，久而久之，累积了好几百篇，感谢北京三联的朋友，让我有机会挑选其中的一部分编集成你手里的这本书。我也把写作中的长篇小说的若干章节收进书里，因为它们跟道路上的人事有关。这本书绝非什么历史考据研究之类。不不不，它志不在此。书里的文章，说的是故事，只是故事，是属于街道上的人的故事却又同时是我的故事，而世上所有述说都是"人我不分"的，我的视角、我的腔调、我的语言，我把故事写下来，印成文字，而如果它们能够让你读得下去，甚至能得到联想和启示，从某个角度看，这等于你其实数年以来都在陪伴我走路，都一直在我身边，那么，我是高兴的，更要对你道声感谢。

起步了，便停不了。时代愈是混沌，脑里的思考、笔下的文字、脚下的步伐，愈有不该停却的理由，以及责任。

辑一

夜巷雨声

散步时间学

走一走，算是纪念或悼念，

为了消逝的青春，

为了远去的激情，

为了愈来愈模糊的理想。

也为了那早已大变特变的生活方式，

我的，我城的，所有人的。

城市的日月星辰

黄宇轩出版了《香港散步学》，图文对照，引领读者探索街头巷尾的细腻幽微，突显了常被忽略的城市质感。难怪成为香港我城的畅销书、长卖书。

在出门旅行困难的时代，这样的书，读来倍有感慨。原来用双脚走在路上，我说的是慢慢地走，用心地走，在再寻常不过的路径里亦可以寻得旅行的趣味。小旅行，小日子，原来一直错过了身边的这许多人、事、物，直到翻书览图读字，才恍然，下回必须把步速调慢，慢些，再慢些，也要不断提醒自己把头抬起来，把眼睛从手机屏幕转移到身边的前后左右，甚至不妨坐下来，找个角落，静心观察。这才真正叫作在城市里生活，而非只是生存。

无法不承认自己后知后觉。近两年才开始爱上走路，初时只是为了健康，慢慢走着，走着，已经变成为了走路而走路。当展步行走，烦恼会沿血管往脚底流去，仿佛脚下有个神秘洞口，所有烦愁恼怒会经此流走殆尽。好吧，就算不是百分百，烦恼重量亦减轻到可以接受的地步，由此能够妥善应对，不像从前，情绪积压在脑海，时刻有被压垮的不安。

记得许多年前在报社工作，偶尔和《明报》老总张健波和执总冯成章饭叙于杏花邨商场。吃饱喝醉，也谈得尽兴了，仍得回去上班，我搭的士，他们却坚持走路。我瞪大眼睛，难以置信地说："走到脚软，等阵仲边有精神开工？"[1]

总编辑张健波笑说："你信我吧！愈走愈精神，唔走路反而做唔到嘢，等你老啲，你便明白。"[2]

当时我确不懂，唯有当时候到了，有些事情，忽然地，就懂了。

读完《香港散步学》，有了有样学样的冲动，很想也写一本《香港四时散步学》，把时间面向加进去，

1　此句意为："走到脚软，等一会儿哪里有精神开工？"——编注；以下若无特别说明均为编注。
2　此句意为："你信我吧！越走越精神，不走路反而做不到，等你老的，你便明白。"

勾勒出同一个空间在不同的时间下所展现的不一样的面貌。时间是重要的。相同的巷道，早上6点半和傍晚6点半，味道与气息皆截然有异；至于下午和深夜，光线变了，人流改了，身处其中亦常错觉去了一个全新的地方。至于每周的星期几，是炎夏抑或寒冬，景观和气氛更是变化多端，所谓"历久常新"，也许就是这个意思：地方是长久熟络的，眼睛所见却是日新月新常常新，不会闷，不会厌，只要认真对待空间，空间自会给你惊喜的回报。

而时间亦包含了年岁。就算是地方相同，就算是景观和人流也一样，但你已非昔前的你，你在时间里有了心境和际遇的改变，因此眼下所见皆"新"，你用新的自己来跟外界对应，新的敏感、新的联想，在散步里，你会嗅闻到不同的气味，看见不同的色彩，听见不同的声音。散步，本是如此奇妙。

韩国男星河正宇嗜好散步，曾说："我累了，我要走路了。"其实，累要走，不累也要走。走路是王道，不信张健波，也该信我。

天后庙外的绿马

　　走近深水埗的天后庙，晚上 9 点多，门已关，也锁上铁闸，在门和闸之间有片二三十呎[1]的空地，墙边搁着一匹纸扎绿马，高两三呎，绿身红眼，庙门上有微弱的灯光照射下来，似是舞台上的道具。汽车在马路上驶过，影子在马身上扫过，恍恍惚惚，隔栏望去容易错觉纸马有生命，是活的，会动。说不定当时辰到了，他会嘶鸣一声，然后扬蹄疾走，冲破铁栏奔向某处黯黑。

　　路经此地的小孩子想必感到害怕，而且一怕便是几十年，儿时的阴影留在脑海，阴森的记忆，平常也许不记得了，但在某些时刻，惶恐的感觉突然蹦跳出来，重重压住心头，隐隐有不祥之感。

1　香港用英尺，写为"呎"。

深水埗天后庙

几十年前我在香港殡仪馆附近街头，无意中看见烧衣度亡的仪式，孝子贤孙披麻戴孝，围着火盆转圈，旁边有道士念经，呢呢喃喃，尽管是机械性的声调，却因为低沉，便有哀伤；低沉的调子总是有召唤悲凄的效果，不管是什么说唱内容，只要是低，便会悲，声音像一块块的砖头把你的心往下压，再压，压扁你的情绪。几十年后我仍然记得那画面，那声音，以及那种过于早熟的无常感。偶尔情绪郁闷，会想起那夜场景，如阴魂不散，永远不愿离开我的记忆去重生投胎。

其实天后庙门外的纸扎绿马，在民间习俗里象征的并非悲伤而是喜事。马的任务是迎接贵人，把贵人送到地府阴间，助先人一臂之力应付各式难题。千万别天真，以为"一死永逸"。人死了，烦恼的事情多着呢，还得像在人间一样，有贵人扶持始可摆平烦事。而绿马既要把贵人护荫送给死者，亦要把死者的祝福从地府传回，责任是双向的，非常忙碌，而且无法退役，比跑马地的马更惨情。所以，最高兴的人恐怕是祭品扎造师傅和庙宇人员，既有酬劳收入，又能让烧衣的善信感到心安，纯属自愿，不存在强迫威胁，这钱，赚得光明正大。

有人研究过香港的"祭祀产业"有多大的经济规模吗？道观的、佛庙的、打斋的、骨灰龛的……大大细细，加加埋埋[1]，不知道雇用了多少工作人手，又创造了几个 GDP 百分点。印象中，日本学者志贺市子曾对香港道教的产业规模做过分析，终究是日本人，做学术研究，细致具体，不会只是把旧资料搬字过纸地、不问真假地抄来抄去。真希望读到更多的相关研究。

前阵子跟一位民俗学者聊天，他提到香港许多庙宇皆供投标营运，但要先上网考试，确认具备基本的宗教知识，合格了，即可竞投，价高者得，胜出后便可摇身一变成为庙祝。他说，有几家离岛庙宇因为香火冷清，无利可图，乏人问津，故常流标。我听了竟然心动，暗暗考虑低价投番个"庙宇管理权"，过一下庙祝瘾。马庙祝，新名字，也不错。

---

1 粤语"加埋"意为"加在一起"。

二十五年的脚步

　　在 1997 年后的二十五年，忽然想做些如韩剧般的煽情之事，返回杏花邨，返回在香港第一间租住的房子下面，走一走，算是纪念或悼念——为了消逝的青春，为了远去的激情，为了愈来愈模糊的理想。也为了那早已大变特变的生活方式，我的，我城的，所有人的。

　　那时候的工作地点在柴湾，就近选择了杏花邨，图个出入方便。杏花邨分为"上"与"下"，以地铁站为界。我住上杏花，四百呎的单位，一家三口，在我城，可以了。那时候的杏花邨仍属于飞机航道范围，由早到晚有巨型客机驶经天空，轰轰隆隆，震耳欲聋，犹记得第一个晚上根本无法入睡。当飞机来时，噪音使人胆战心惊，老一辈必联想到战时轰炸，老者不宜住杏花。然而，到了第三四个晚上，已经习惯了、麻木了，听若罔闻，好梦甘甜如旧。人的"惯性"，有时候虽是劣根性，却颇能助一个人或一群人活下来，无论如何，活下来。

杏花邨是个非常安静的社区，地理位置就让她成为"独立王国"，因为没有大型商场，除非路过转车到柴湾，否则没有强烈的动机"入侵"。此地住民亦以小中产、小家庭为主，一住便十多廿年甚至卅年，出出入入，朝见口晚见面，尽管很少打招呼，却心照不宣地看着彼此老去、对方的孩子长大。社区虽有新店铺，但变化极微，区内整体布局这些年来一模一样，天空倒是早已没有飞机呼啸而过了，如此宁静，猜想比我城的"五十年不变"更能五十年不变。

我在杏花邨住过四个单位，租的买的，细屋换大屋，就是舍不得搬离社区。那年头在报社上班，记得6月30日的夜晚，下着雨，11点多，我从报社冒雨赶回家中，为的是跟家人齐齐坐在电视屏幕前，见证历史一刻。一家三口，只有我在香港土生土长，影像映入眼里，触动的情绪远比她们强烈。

不记得自己有没有哭了。只记得，换旗过后，我返回报社签版，路上湿雨绵绵，心底是冷的热的轮替着涌现极端的情绪。走几步路，心情非常激动，仿佛经历了时代的变迁，但更大的巨变亦在前头，可是说不清楚会有何变化以及何时会变，然而再走几步，又忽然平静下来，似乎每个脚步就是每个脚步，无论世态如何变换，终究要把路走下去，要踏出每个平实的步伐，而且就只是自己的步伐，谁都无法代替你行走。

　　回到报社门前，一切如旧，编辑桌上仍有如山的版面待你审阅和签名。待到深夜了，把工作处理妥当，下班回家，洗澡睡觉，明天又是新的一天。至于会否如张爱玲笔下的振保一样，睡醒之后，又是个好人，连自己也无法确定。

　　廿五年的脚步走下来了。活着，真的最重要。

快乐饼店

　　几天以来一直想去"快乐饼店"，但在网上见到排长龙的照片，打退堂鼓了，不希望大热天时在路上站立一个钟头，快乐变成不快乐，留下灰色记忆，反而不妙。

　　而亦必有人同样不快乐：饼店旁的其他店，门口都被人龙遮挡了，生意很难不受影响，店主心情不可能快乐得起来。虽然理解，但当切身利益受损，一切便成另一回事——如果仍然高估生意人的同理心，我这岁数，真是白活了。

　　十多岁时住湾仔，饼店是常经之地，但不一定光顾。主要因为饼店附近有间玩具店，一位高瘦的老板，懒洋洋地瘫躺在藤椅上，孩子们进店东摸西碰，他不介意，也许是懒得介意，宁可半闭着眼睛睡觉。也可能因为他也有幼龄子女，明白孩子看见玩具时的雀跃

快乐饼店

心情，不忍心扫他们的兴。总之，是个好人，我感激他。

尤其感激的是，有一回，我用存下的利市钱[1] 买了一块滑板，玩不到两天，心疼钞票，后悔了，把滑板拿回去要求退货。至今记得他的眼神：犹豫了一阵，想拒绝，却心软，点头答应，只扣了廿元略作"惩罚"。多年以后再到湾仔，玩具店早已不在，善良老板的瘦削身影却仍在我的记忆里。

"快乐饼店"有四十多年历史，最初取这名称的店主，必然亦是善良的。快乐地做饼，快乐地卖饼，让顾客快乐地买饼和吃饼。每回经过皇后大道东，从对街望过去，见到饼店招牌的四个字，心里已经冒起快乐感。那是温暖的提醒，人间红尘，混沌浊世，能快乐时且快乐，愁苦的日子多着呢，千万别放过每个能够宽怀的片刻。

过去几年也帮衬过几次。卖饼的中年女子竟然认得我，猜想是《明报》读者吧，边收钱边问："咦，瘦咗嘞，身体几好吗？"[2] 我点头笑道："唔多好，所

---

1 粤语中"利市钱"意为"红包"。
2 此句意为："咦，瘦了不少，身体还好吗？"

以要来买你们的饼，快乐一下，心情好，健康便好。"每回我买的都是蛋挞和鸡尾包，买完例必站在饼店旁边的大厦铁门外趁热享受，新鲜出炉，热腾腾，暖口也暖心。有一回我带台湾的音乐研究者焦元溥游览湾仔，两人站着吃包，慵懒闲散的下午，他吃得眉开眼笑，能让外地人感受到我的"家乡美食"，这快乐，又是双倍。

"快乐饼店"的外墙贴着黄色瓷砖，算是古典风格吧，因为年深月久，是真古典了，跟附近利东街的堆砌古典完全是两副模样。利东街的豪宅和豪店门外，一年到晚悬挂着红灯笼，跟当初许诺的"文化保育"愿景完全走样，新的不一定是坏的，倒几乎必是浮浅的，故事毕竟需要时间沉淀，尤其对于故事的回忆和重述，更急不来，需要几代轮回才稍稍有可述之事。

曾有一晚，我在湾仔逛荡，利东街的灯笼霓虹下，错觉自己像回家报梦的魂魄，可惜，迷路，寻不到家门了。

独自深度本土游

　　周末计划到灵渡寺走一走，路线是从九龙塘出发，到寺庙上过香，便到旁边的竹林逛一圈，再到附近的山边看看坟，然后驱车离去，前赴元朗寻觅吃喝。元朗必是人头涌涌的，正好用刚才累积的"宁静储备"做能量，足可在喧哗闹市里安心享受美食。

　　灵渡寺是我去过的最宁静的寺庙，也许因为在元朗厦村，交通不便，香客不多，游客更少，到了庙里可以放慢脚步，是参拜而不是参观，有饱满的虔敬感。

　　在宗教场所里的虔敬，不仅是由信众付出予神祇，更是信众对自己的"独白"，你信仰，你叩问，先不论是否真有神明或者神明是否真能听见，至少，你一清二楚，你是有所敬畏的，你是有所盼求的，虔敬感于心底油然而生，能够让你更听得见自己的声音。如果周遭嘈杂不堪，再多的叩问与敬畏必只流于"念口簧"，只剩仪式性的礼仪意义。观寺看庙，千千万万要肃静，一旦发现吵闹，最好转身即走。

灵渡寺据说现身于一千五百多年前，杯渡禅师南来渡化，驻锡于此，漫长岁月里改过几次名，灵渡道场、大云寺、白云观，终于恢复旧名。寺旁有小山坡，寺庙原在山上，近两百年前重修时移到山下，且因风水考量，把寺门开侧，有个说法是，山形似虎，号称"虎坡"，向侧立门，可令寺庙远看如伏虎，好好保护厦村的邓氏宗亲。几十年前又重修了一趟，只保留了大门，其他三道墙皆为新物，却仍有虎势，长长的石墙仿佛天长地久，有着质朴的撼动力量。

寺外门楣上，刻有"灵渡寺"三字，为清代大鹏协副将张玉堂所书，他曾镇守九龙寨城，跟英国佬打过仗。门内迎客室的横梁上挂着"道从此入"牌匾，为广东清代最后一位状元梁耀枢的字。清末民初先后有一些翰林、进士之类"太史公"南迁香港，或长居，或暂留，游山玩水和参禅拜佛时皆喜留下墨宝，梁基永先生的近著《道从此入：清代翰林与香港》有详细述说，非常具有参考趣味，甚至可作"另类本土观光"指南，到港九新界四处走动，把书捧在手里，边走边对照查阅，必对眼前景物有了穿越时空的认识。

举个小例子：九龙广华医院牌匾上的四个字，便是黄玉堂的手笔，他是 1874 年的进士，授翰林院编修，曾来香港，应邀用楷书写了"广华医院"的庄重牌匾，上环广福义祠（又称"百姓庙"）门前的对联亦由其所书，昔日你到这两处地方，匆匆路过不为所动，但若了解了背景，有了底子，想必多望几眼，驻足细察，加深了跟历史的心灵联结。

所谓深度本土游，其实不必跟随团体，买本书，独行独走，书页如隧道，给你穿越的本领，在精神上返回老香港，比"新香港"有趣味得多了。

戏院里

倾盆大雨之际在中环，尤其在黄昏，尤其在戏院里边的地铁D2出口，窄窄的巷子，虽然只有短短的路，因为人人手里举起雨伞，左右两排，伞边摩擦着伞边，黑压压地像一群迷路乱飞的乌鸦，难免有希区柯克电影的恐怖氛围。

巷子其实不只是一分为二，而是三。走出地铁站，顺着出站人潮在中间前进。右边是要进站的人，行色匆匆，雨伞压着脸庞的上半截，口罩遮盖脸庞的下半截，完全看不见五官。身体都窝缩在伞下，走路时不免左摇右摆，但前后排列整齐，也许是无形的"意念"彼此带路，步速急归急，竟是非常一致，有点像戏里的湘西赶尸的阴森节奏。许多人更是边走路边浏览手机，小屏幕的蓝光反映到颜色各异的口罩上，又添了几分鬼火磷磷的诡幻感觉。

中环地铁站行色匆匆的路人
与街边的小摊档

　　而左边，摆着几个小摊档，印象中是天长地久地存在。有没有廿年、卅年？也许只是错觉。在模糊的记忆里，这边几十年来都有摊档。刻印章的、配钥匙的、卖玉石珠宝的，数十年不变，仿佛连档主的面容也仍一样，永远是一些我以前视之为叔叔姊姊的人，大概四五十岁吧，但如今，他们该称我做伯伯了，眨眼我已经比他们年长，而他们仍是他们。

　　所以他们不可能是他们了吧？除非是鬼魅。世间只有"不生"，没有"不灭"，此乃人间真理。肯定是新一代的档主而已。也许是旧档主的子女，上一代老去凋零，新一代接手经营，猜想刚开始的时候可能是抗拒的，子女坚持靠自己的双手打天下，但后来发现，天下原来多变难为，倒不如回归"家族生意"，在固定的地点做固定的事情，只要仍有盈利，即有继续下去的价值。

　　忽想起昔年住在湾仔，居所对面有间酒楼，门外有报纸档，档主是一对肥夫妻，脸圆得像西瓜，子女也因此都胖嘟嘟，倒模复制似的，不必去验 DNA。我从小见到夫妻在顾档，年幼的子女在旁玩耍，多年以后，子女接手了，兄妹轮流顾档，我乍看还以为是旧档主，只不过打扮比较新潮。再过廿多年，重回故地，见到一个年轻男子坐在报摊旁，DNA 太强大了，长得跟祖父母、父母有八成相似，我又以为是他爷爷，只不过穿着和发型又摩登了一代。

一代接一代，摊档上的报刊宇宙早已天翻地覆了，日月星辰无不移了位置，或坠落，或变色，然而顾档的家庭仍然坚固顽强地存在。他们每天开档收档，整理报刊，眼见手里的纸媒世界换了新天再换新天，他们，可能比谁都更懂得什么叫作"无常"。

走出了戏院，仍然风急雨狂。人人缩着脖子撑伞，仿佛怕的不仅是雨而是一天比一天低沉的时代气氛、一日比一日恐怖的封锁氛围——黄雨红雨黑雨，在心里，其实每天都在发着信息。

人间无路月茫茫

　　周末看了个小型的电影海报展。在老社区的唐楼，长长的木楼梯，忽想起小时候在湾仔，走过类似的楼梯级，晚上，漆黑一片，只凭感觉一步步走上去，心惊胆战。突然，楼梯高处有脚步声，缓慢地走下来，走近我身边，才隐隐见到是一名老妇人。我侧身让她走过，回望她的身影消失在黑暗里。至今我仍狐疑：人？鬼？妖？仙？

　　那唐楼早已不在了，没想到那身影却仍隐藏在我脑海某处，这天像招魂般，浮现眼前。可是仍没答案。仙？妖？鬼？人？抑或她根本不曾出现过，纯粹是年幼的我在恐惧下的错觉？"洞里有天春寂寂，人间无路月茫茫"，忍不住想起这两句，看展，也就不专心了。离开时，真想坐在楼梯级上，守候当年的老妇人再次现身。

太子道西唐楼群，现时唐楼群已被活化，
有着檐廊和竹形栏杆等装饰。一层进驻
了多家园艺店，琳琅满目的花卉植物令
整条街道洋溢着愉悦的氛围

　　展览场所在大南街上，一幢唐楼的一楼，二楼是皮革工艺店，地面亦是皮革工艺店，站在楼梯前，阵阵强烈的皮革气味冲入鼻孔，换作以前，必觉得很臭，会作呕；奇怪，现在却刚相反，气味由鼻入喉，初时有微微的刺激和辣，但很快便转变成厚实的温驯气息，仿佛把浮动的心情压住，令我觉得心安。

　　想必是年岁会改变感官，正如年轻时不懂欣赏苦瓜的甘，年轻时也不嗜普洱的纯，直到某年某月，忽然懂了。大南街上有不少皮革店，所以，其实不仅文青们该去逛，即使是"文中"和"文老"，就算只是为了嗅觉的福利，也值得偶尔去走一走、闻一闻。

　　那天的展览场地是由几个"文中"租下的单位，猜想是希望有个聚脚地，自己办办文化活动，也短租予人办活动。真是有心人。这类空间近两年在深水埗、太子一带颇为兴盛，展览也好，座谈也罢，规模不一定大，参与人数亦不见得多，有点接近"围炉"性质，但围炉有围炉的温暖，尤其值此时代，世情的寒冬，而且看来会愈来愈寒，更需要有取暖的炉火，像在寒天雪地走动，远远看见一阵烟雾，也嗅到柴火的燃烧气息，就算距离有些远，心里仍觉自在，知道有人活着，有人醒着，有人在火堆旁边说着故事，只要有机会，有意愿，想办法走近过去，即可看见希望。

　　当然除了围炉，小型文化场地亦有"看与被看"的独特功能。看与被看（to see and be seen），对文创产业非常重要，尤其对"文化初创者"而言，更是关键。大型展览或官方活动，筛选重重，设限处处，而且耗时良久，找寻资助的力气更是大得使人沮丧。但在小型场地里进行，说做就做，动态灵活，自由度大得多，让年轻的创作者有机会出道，让人看见，被人知道，是撑持他们往前走的一大力量。租了场地的"文中"们，不妨在这方面多与人为善，多开放空间给"文化初创者"，自是另一种文化功德。

喃呒山

深水埗成为强检重灾区，小店冷冷清清——除了大南街上的文青店。

文青们或许比较勇敢，自恃身体强健，顶得住病毒，又或看了许多网络信息，知道就算中招了亦可几天痊愈，不必太担心。何况青春的荷尔蒙爆发起来，必须出门走动始可"排洪"，于是，去大南街找寻同声同气的同类，打个卡，拍张照，贴网上，没有辜负转瞬即逝的盛放年华。

其实农历新年假期那几天我也去过大南街，店铺十之八九在门上贴着休市告示，但几间文青店依旧中门大开，轻食、咖啡，年轻的顾客摆好姿势坐在椅子上，仿佛每时每刻都有相机拍住自己，"镜头感"非常强烈，把青春铭刻在数码影像里面，便是永恒。有些人坐在门外，左腿跨搭在右腿上，右手肘支着右手臂，指间夹着烟，偶尔轻轻吸一口，吐出烟雾，自成一"圈"，在烟里雾里占领了自己的天地。他们大多只是"玩烟"而非抽烟，青春之优势本来就在于玩得起，有足够的闲裕让你浪费；时间苦短，岁月苦长，若不经过耗费的阶段，日后营营役役，连这无所事事的记忆也欠奉，便太凄惨。年轻的时候千万别太忙碌，不然，后悔无从，忙乱的青春其实是最可怜的青春。

大南街之名，据说来自越南蚬港，DaNang。深水埗昔日是海岸，有码头出入，船来船往，货上货来，码头旁边有许多贸易所和货仓，跟不同的城市做生意，大南街这边的主要客户来自蚬港，街道便索性以该港为名，却又不直呼其名而只取音译，大南大南，近似陶渊明《时运》的"有风自南"，在金钱往来以外增添了古雅趣意。

深水埗的取名便全无转折了。"深"水而有"埗"，以地景特点为名，唯恐世人不知此地之水深港阔。其实其他地点亦是。"长"沙湾，一听名字几乎已在眼前浮起一弯绵长的岸滩。"浅"水湾，相对于"深"水湾，深浅有别，听后即明。"石"澳，滩前乱石，乱涛拍岸，可以想象不同世代皆曾有人站在石上，举起手掌在眉上，眺目远望海洋天空，海浪冲打过来，他连忙走避，或根本原地不动，任浪水湿身，把灵魂脑筋湿得清清醒醒。"赤"柱呢，则是红彤彤的火成岩布满岸边，怪石嶙峋，像野兽般张牙舞爪，夜晚随时突然活化，扑过来，吞噬来此拍拖的男女；又似火焰般热情，替拍拖男女陪奏音乐，让他们的情欲爱贪燃烧得更热烈。

至于深水埗内的嘉顿山，我最好奇。好久好久以前被称为"喃呒山"，只因常有喃呒佬前来打斋超度山上孤坟，其后有了嘉顿面包工厂，改名了，却又只是大家喊唤而非官方地名，个中转变，我一直找不到文字记录。地名之出现与消失，自有因缘，也许，不问也罢，随缘而唤，亦是另一种因缘。

每日打足三份工

深水埗白田社区中心门外排着长龙，是个大斜坡，队伍逆坡而上，队尾已经到了山腰，寒天里，一阵风吹过，坡旁树木沙沙晃动，叶子纷纷坠落，一片萧索落寞。

开车驶经见到有老有嫩有男有女，都是寻常人家，在不寻常的疫情时势里做着无可奈何的事，满脸漠然，也许皆已疲惫，连愤怒也懒得愤怒，做就做吧，见一步走一步，且看何时复见亮光。

眼前忽然浮现一幕影像。是小时候跟妈妈舅舅排队，在湾仔街头，排着的除了老老嫩嫩和男男女女，也有一个接一个铁桶木桶胶桶，街喉哗啦啦地放水，年幼矮小的我望不见成年人的面孔，却清楚记得喧哗嘈吵，那时我不知道什么叫作慌乱，直到长大回想，对的，就是慌乱，吵声里有着强烈的慌乱感、末世感，对那经常制水的年代，我深深记得这一天。

所以今天陪同父母前往检测的孩子们，长大之后，亦必记得这么一幕吧？站在成年人旁边，爸妈在低头刷手机，孩子可能也在刷手机，因为有了网络，大家难免沉默，没人有兴趣开口了，仅有的声音几乎全部来自屏幕，播着视频或剧集，也许是好的，降低了喧闹给孩子带来的压力；同样是排队，有手机没手机，已是两个截然有异的世界。

孩子终究会长大，若干年后，当他们卅岁、五十岁，甚至更老了，忆起今天的场面，或会以不同的形式予以重新述说。深水埗区议会于十多年前就曾资助推动一些项目，让老街坊有机会对走过的生活历程细说从头，其中一项"口述历史戏剧计划"很有意思，找来专业编导，引导老人家们登台演戏，有说有唱有演有动，配上怀旧布景和多媒体影像，老社区的苦日子栩栩如生地再现于观众眼前。其后摘记出书，非常动人感人也吓人，像一位老者说，60年代为了"捹大啲细路"[1]，只好日做三份工，他列出时间表：早上

---

[1] "捹大啲细路"意为"含辛茹苦地把孩子们拉拔长大"。

5 点起床，半小时后到达鱼市场卖粥和油炸鬼，直到 9 点；9 点到 1 点，到菜市场帮手卖饭；然后，匆匆吃几口饭菜，转到菜馆洗碗，由下午 1 点洗到晚上 1 点才收工。之后归家睡觉四小时。

另一位老者说，那年头，一家六口住一百二十呎，唯有在路边执两个苹果箱让孩子当床。待到女儿稍大，摆张碌架床 [1]，几个人上下挤睡，房间中央放部衣车，替人改衫揾食 [2]，也穿珠仔，穿胶花，房里每个角落塞满货物，就这样，一天一天，一年一年，孩子长大了，她亦垂垂老去，岁月只曾给她卑微的物质满足，唯有见到孩子成长，即使不一定事业有成，她亦有强烈的满足和自豪。

不知道类似计划还在做吗？区议会还热衷于记录社区历史？日后回望，今天的慌乱将是泛黄的回忆，滋味如何，也只好到时候再说。

1　粤语中"碌架床"意为"双层床"。
2　粤语中"揾食"意为"维持生计"。

老楼房的最后生猛

　　大坑西邨是我晚上散步时必经之地，几乎算是，除非我的目标是九龙城，那便需穿越又一城，否则，若朝最常去的长沙湾或深水埗进发，肯定要穿越那几座老楼房外的空地。

　　寂寥、萧瑟，几座不高的楼房沉静地围住空地四周，像几位老者如山坐着，无所事事地你眼望我眼。楼房墙壁有着明显的剥落，几十年的岁月折腾，似老者脸庞上的风霜纹路。我抬头望去，十有五户是漆黑一片，窗里没透出半点光线，想必已无人居住。至于有光的所在，通常在窗外吊悬着衣物，内衣外衣，毛巾裤袜，看式样都是老派中的老派；也有人把铁锅之类厨具挂在窗边，宣示着寻常人家的生活气息。穿衣吃饭，无论老少，都要。

　　空地旁边有条窄路，有十多级楼梯往下延伸，穿

香港楼梯街

过一道铁闸便是石硖尾地铁站，明亮的灯光从站内照射出来，跟铁闸后面的幽暗成了对比。走楼梯的时候，我总提心吊胆，因为好几回遭遇过老鼠，吱吱地，慢条斯理地，在眼前走过，说不定还在心里抱怨我入侵其地盘。

铁闸近处有幢楼，才六七层，仅有几户灯火，有时候会看见一道身影出现于三四楼之间的转角处，木木地站着，穿着最寻常的白色背心，灰色短裤，也许是孖烟囱[1]，猜想有六十多岁，漠然地朝下望，不知道是在看老鼠抑或经过的人；再或，根本没有任何人、事、物是他的焦点，他只是为望而望，用空茫的眼神在跟时间拔河。

是的，时间。据说大坑西邨早于十多年前已酝酿重建，却受限于种种障碍，一直未成事。邨旁的铁丝围网上挂着两三块横额，是邨民组织的抗议口号，字句已经褪色，多年来的风风雨雨给了它不少打击，但它仍在，折射着顽强的斗志。重建计划近日似乎启动

---

1 粤语中"孖烟囱"意为四角、裤腿稍长的短内裤。因其形似两个并排的烟筒，故名。

了，新闻说已有具体的回迁方案，却也说方案被部分住户批评不够公道，主其事的"平民屋宅"公司和他们之间仍有不轻的争议，可能还要一段日子始可摆平。

其实最初见到横额，我已对大坑西邨的来龙去脉暗生好奇，但一直懒得查考。此番认真探索资料，方明白这算是所谓的"历史遗留问题"，数十年前的一场大火造就了它的出现，建筑、出租、管理皆由私人公司负责，业权亦在私人公司手上，这等于"私营廉租屋"，是香港的唯一。经历了多年转折，私人公司终于跟市建局达成协议，旧楼要拆了，新楼要起了，当前的任务便是妥善地安顿居民。

重建需花几年时间，解约、回迁、赔偿，诸如此类皆是权益争持的议题。我无法判断结果如何，只知道，这段日子行经该地，必可见到较多的人影身影，因为必有一次又一次的喧哗的居民咨询会，一幢幢老楼房，忽然多了几许生猛。这是老楼房在告别人间前的最后热闹，多年之后，我们会想念的。

看唐楼的方法

　　"看唐楼"成为一种城市散步的时尚活动，街道上，常见三三两两地有文青驻足，仰颈察看老旧楼房的前后左右。然后抬手举机自拍，打个卡，刹那之间让自己跟昔日的历史接上了轨。新与旧，青春与老迈，在小小屏幕的清晰影像里，无缝连接，日后将是他们的美好记忆。

　　看唐楼，既是对建筑美学的欣赏，亦是对想象力的刺激。望向几层的老楼房，梁柱、露台、骑楼，墙上的细微雕刻装置，都在向你提供故事素材。只要愿意，花点时间查考资料，用点脑力拼凑读过的零散线索，你可以延伸出一段又一段的剧情，替唐楼旧主重建他们的前世今生，像编剧般也似写小说，你是导演你是作家。这一刻，你虽然站在红尘闹市，但你既在却也不在，想象力把你带回往昔，你暂活在楼房旧主的生活时光里，此时，你不再是你，你是他们，早已不在的他们。

看唐楼，最好慎选时间。

旧房之美，其一在于造型轮廓，其二在于沧桑，它屹立在马路旁，有斑驳的痕迹，如老人的脸额皱纹，一横一竖仿佛都隐藏着听不见的叹息声音。什么时候能把声音听得最清楚？我的经验是，黄昏，日落未落，天色开始暗淡，却仍有光线，最好是略有西斜映照，那就是说，大概在傍晚5点半至6点半之间。

大白天看唐楼，阳光猛烈，尽管景象清晰鲜明，却嫌跟楼房的老旧气味稍有违和。至于晚上，灯光又太暗了，而且唐楼通常已无人居住，尤其被列为历史建筑的，大多乌漆墨黑，空置已久，虽不碍于引发另一种想象，但略减了考察的乐趣。唯有在傍晚时分，光线半明半暗、不明不暗，唐楼在明暗不定的恍恍惚惚里若隐若现，非常配衬它的苍凉身世。在日落的对比光线下，楼房的轮廓特别突出，一层连一层，仿佛每个细部都毫不掩饰地暴露于眼前。——何况夕阳西下，平添了"只是近黄昏"的诗意感慨，又有一番联想的情趣。

深水埗医局街 170 号的
"一平"唐楼

　　其实，唐楼不只能让你用眼睛看，也可由你用脚步参与。有些唐楼没有地下闸门，只有长长窄窄的楼梯，别怕，往前走吧，踏上梯级，一级级地往上走去，梯间可能没有灯光，很暗很黑，也可能有虫蚁蟑螂甚至老鼠之类，但仍值得探索，你不妨走上十级八级楼梯，站稳后，侧身回头，嘱托朋友替你拍照。你仿佛成了楼房旧事的其中一位主角，楼里，有旧主的喜怒哀乐，也有你的，你在此留下了身影，楼房从此有你。

　　我便常去深水埗医局街 170 号的"一平"。那是第二代唐楼，采用 20 世纪初流行的敞廊式骑楼设计，有两条意大利塔司干柱，翻新过，粉白的墙上漆着"一平新款画架"和其他几句红字标记。楼梯是开放的，我在梯间小坐片刻，视之为散步时的休憩站。

　　人不去，楼未空。城市毕竟仍在活着。

书店，书店

本土旅行，逛书店，
为了爱店也爱己。

阅读投资

深水埗又开了一间小书店，夜晚散步经过，隔街望过去，灯光火猛，门外站了一群高瘦的年轻男子，抽着烟，嬉笑连声。狭窄的店面也站满了人，端着纸杯，不知道是汽水抑或红酒，强烈的青春气息隔得远远亦能感受。猜想是开张派对。

传统的店开张，通常有花篮甚至高耸的花牌，昔日更有舞狮、拜神、切烧猪等仪式。如今不时兴了，尤其年轻人的店，尤其书店，只要有人便已快乐，也许店里会有简单而热闹的切蛋糕场面，等同切烧猪；来宾的笑声则等于鞭炮声，甚至比鞭炮更响亮、更持久。而在这年头，这场面，我虽然没有亲身参与，却已隔街亦能体会到他们之间"相濡以沫"的暖意。世愈乱，愈有必要静心阅读，通过知识和思考去理解、探寻未来的路途，否则只会永远受困于迷乱的云团里。

阅读，是"自我教育"，用俗套的语言说，是"人力投资"，替自己的头脑增值；用文艺腔来说，是替生命增加一些厚度、宽度、高度。所以，虽然书价愈来愈贵（每本新书动辄售价一百五十元[1]！），借书愈来愈难（许多具启发性的书都被下架了！），却仍有坚持阅读的必要。

好吧，就从最具体、最现实的角度来算一算投资在阅读上的"账目"：假如每本书卖一百五十元，假设你坚持每星期读一本，每个月的支出便是六百元，一年下来，是七千二百元。这数目，说少不少，说多却仍不算太多，但一年内读的四十八本书，已经足够打开你的脑袋和眼睛，让你看见一个先前忽略的世界和自我，然后，未来的漫漫长路，这笔"投资"将会持续地给你带来回报，现实的，精神的。这么算来，回报率高得惊人，确是极度精明的投资项目。

七千多元可以做什么？不够供楼，不够旅行，甚至不够请个一对一的健身教练。好吧，就算能用这笔钱请个教练，练出了六块腹肌或背肌或三头肌，具有

1　本书中指新台币，约 33 元人民币。

一时的震撼效果，但只要你稍微疏懒，或吃食稍微放肆，肌肉即变肥脂，打回原形，你什么都不是了，甚至比先前更为形格不堪。但阅读所带来的冲击持久力却非常漫长，书里图文铭印于心于脑，像把咖啡和水和奶和糖融而为一，你分不清什么是什么了，但你清清楚楚地品尝到，嗯，那是一杯香醇的咖啡。

书价以外，是时间。忙碌日常，哪来时间阅读？

其实如同工作以外的所有事情，无非取舍，如果你真决志阅读，每天三十分钟或一个钟头，有的，总可以有的，别再自己骗自己，别再替自己找借口了。每天卅分钟，一个月是九百分钟，等同十五小时不眠不休地读读读，非常足够了。

就这样试行一个月，好不好？然后，一年后，感谢我，我将替你高兴，也就不枉写这文章了。

店　名

　　新开了两间书店，书店都别致，容易牵动联想。

　　一间叫作"猎人"，先前已有的，新店主新店址，却沿用旧称，猎书如猎人，但亦有可能是被猎之人。值此时代，阅读确实往往被视同危险，因为有阅读便有启蒙有思考有批判，而这，皆易犯禁。

　　另一间叫作"留下"，联想就更大了，去与留，皆不易，也都可以是自觉或无奈的选项，又或者，今天想留的人到了明天忽然要走，明日想走的人最终仍得留，纠缠不清，说不定连自己亦无法理顺背后的考虑和感觉。值此时代，所有人有的都是"动态人生"，告别有时，离散有时，到这样的书店，走到门前，抬头望望招牌，不免已有淡淡的伤感。

　　其实城市里一直有寓意深长的书店名称。像十多年前由一群文青创办的"序言"，书本的导论，作者的自白，暗含自创新章的大志。中上环有家"见山"，山是山，山不是山，开门见山，却又让山能见我，物我两存，人书并悦，隐含禅意。

另外有"偏见"和"解忧"，名字具日系气息，小而美，是红尘里的水莲。"解忧"在大埔的街市内，书本从店里摆到店外，唯望不会受管理员滋扰。万一真会，大可对管理员说，为什么那些药材店、花店、纸扎店亦是如此，你却不管，只来限制我卖书？值此时代，什么荒唐的事情都会发生，不妨有"小人之心"，预先想妥应对言辞，须防人不仁，做好准备毕竟较稳当。

较老派的"乐文""田园""森记""我的书房"等小书店，名字各有来源典故，应该有人采访店主，好好记录。郑明仁先生的"老总书房"是近几年才有的店，名字直接道破店主身份，有传媒人的霸气，跟店主的豪迈笑声非常吻合，可惜每天只开下午两三个钟头，那是我的工作时间，所以一直无缘前往寻宝。

至于历史更悠久的书店，如三联、中华、商务等，店名朴实，却自有沧桑的历史转折，曾有一段时间，它们替全中国的读者开眼界、拓视域，那年头，中国新潮，它们推波助澜，功不可没。2022 年是商务印书馆创立一百二十五周年，它当初之取名"商务"，纯因替商界提供会计簿册的印刷服务，其后，编印教科书，大赚特赚，再策划洋书翻译，又撑持本土创作，当然也搞书店，全方面开拓市场，格局大，手面阔，非常了不起。商务的其中一任主事者王云五，跟随战败的国民党去了台湾，继续努力，就出版事业而言，算是"鞠躬尽瘁"。他是个很有趣的人，改天不妨谈谈他的故事。

至于"三联"，由"生活""新知"和"读书"三家书店合组而成，背后满载血迹斑斑的理想激情，文化史上终究有其先行者的光荣位置，而我们，一如既往地相信历史公论。

围炉书店奖项

　　某团体颁发了"独立书店（围炉）表扬奖"，自称只是"围炉"，纯为打气，不必认真。瞄一眼名单，带点嬉玩味道，却又飘溢一股暖意，因为奖项名称贴切突显小书店的风格形象，常在书店出没的人，不管是文青或文中、文老，必会在心底说：哦，是的，就是这样的。

　　有些奖项一看即明。如"最有猫香的书店"，当然北角森记排了第二便无人可以排第一。猫咪成群，有的慵懒地卧伏在书堆上，懒得理你。有的在书与书的夹缝间忽然喵一声，是在跟你玩名副其实的"躲猫猫"童戏。有的呢，你一进门，她便咧嘴叫喊，仿佛嫌弃你的打扰。你只好蹑手蹑脚地找书，尽量人猫相安，这里毕竟是她们的主场。

　　又如"最有大哥风范又不动如山独立书店奖"，

北角森记书店

毫无意外是序言书室了。十多年前由几个大学毕业生合资筹办，守住西洋菜南街的红尘一角，屹立七楼，静看红尘，用"猪肉台"上的选书来回应浮世变动。我尤喜它营业到晚上10点，许多时候散步到闹市，带着满身汗水进店打书钉或买一两本书，探望猫店长，也跟坐在柜台后面的夫妻店主吹水[1]几句，白天的疲劳尽抛脑后。当年的文青，如今用一间精致进取的书店像慢火炖汤般滋养年轻人的阅读灵魂，这便是最有文化气味的世代传承。

至于其他书店，有些去过，有些没，都不太熟悉，但看完奖项名单便心念念想走一趟。像"异次元阅读空间奖"的瀞书窝，到底卖什么书种呢？漫画？科幻？充满好奇，必须抽时间瞧一瞧。像"咸鱼飘香奖"的渡日书店，想必是因为在长洲营业，店内尽是咸味，而到底卖的又是什么书呢？除了游客，当地人会买会看？像"无穷无尽小宇宙奖"的贰叁书房，像"最菠萝包无菠萝的书店"的界限书店，像"最日夜颠倒的互动书店"的一瓢书店，统统在我脑海勾动

---

1 粤语中"吹水"意为"谈天说地，闲扯淡"。

了问号。凭这名单，看来这阵子我又要到处跑动了。

至于取得"最爱大家扶翼出版实验奖"的见山书店、"书菜共生奖"的一拳书馆、"令人惊喜又高质的选书"的神话书店，我是了解的。其中的一拳，因为近，较常遛逛，惊讶于其讲座活动之频密与受欢迎，可见策划者之用心，亦见年轻世代的求知欲已经超越"相濡以沫"的围炉阶段。每回买完书，店员叫我选择赠礼，菜、茶、书签、布袋，一堆任拣，我都很不好意思。经营不易，我的老派想法是，能省就省吧。

对了，还有一拳旁边的猎人书店，取走"最勤力更换门口布置奖"，我高兴。店门外长期摆着一张复刻款牛皮双人沙发，很酷很有型，有日系美学的气味，唯望民政署别有一天以阻街之名把它搬走，那我们都会非常伤心。

本土旅行，逛书店，为了爱店也爱己。

祈求更多的夜书店

文青书店围炉选出的表扬名单，其中有"最日夜颠倒的互动奖"，一瓢书店，我没去过，闻说是一位在补习社教书的年轻人，业余自资开店，每月主打一本书，并由之衍生各式音乐、诗、短剧之类的创作，夜晚让顾客前来参与分享讨论。

有时候要付费，有时候不。夜幕低垂，创想起步，若能坚持下去，将替许多年轻人创造难以忘怀的月夜文学体验。他日回顾，也许有人深深感慨，哦，是啊，我开始对某个问题有兴趣、有思考，就是那个晚上在一瓢。由是感恩与缅怀，为文学，为青春。

前阵子看了芝加哥大学的讲座视频，三位教授从其他学府前来，原来都毕业于芝大，也都不约而同地在发言时先感谢校园附近的独立书店和社区书店，其中一位说，书店给我最多的并非答案而是问号，望向满排满目的书，我隐隐明白，读书与其是探求答案，毋宁说是学懂不全盘信任既有的答案。阅读求知，累积知识，是加法，是筑城防御，但亦是减法，是向已存的想法进攻。矛与盾，书店就是头脑的"军火库"。

但我较感动于另一位教授的描述。他撰写博士论文，沮丧之际，必到书店逛荡，并非为了寻书而是"嗅闻"同类。有些是活的，跟他一样陷于论文忧郁情绪里的人，彼此对望一眼，似是无言的打气，仿佛都在心里说，坚持吧，辛苦的人不止你一个。我也在。那便有了力量。有些是死的，便是书的作者，当他望见书本上的大师名字，想象他们昔年曾经艰苦奋进始有日后的卓越影响，他渴望自己的名字亦会被长久出现在书架上。书店之于他，是毅力的充电站，充饱充满，即使空手离店，亦已收获丰盈。

我虽不年轻，但对这次围炉名单里的书店亦满怀感激。它们能够维持营业多久，天晓得，毕竟是一盘生意，起起落落是寻常，但即使有一天关门了，它们的或长或短的存在已替这愈趋郁闷的城市注入了光线，那些早被连锁书店屏蔽或遮挡的光线，能够燃亮包括我这资深读者在内的"书本游荡者"，激发我们更多的思考问号。

　　稍微想不通的是，为什么文青书店大多晚七八点便打烊关门？年轻群体不是惯于晚上活动的吗？七八点，可能才是他们开始寻乐的好时光，个中的乐，包括逛街看戏喝酒吹水，但亦可以是到书店逛荡啊。这么早便把他们拒之门外，未免扫兴。尤其大南街那边的店，有不少咖啡店、甜品店、小酒馆，营业到12点或更晚，周边若无夜间书店，是气氛上的损失，亦是生意上的失虑。

　　也许书店主人们亦是年轻人，夜晚亦要出门玩乐，那就懒得经营了。青春苦短，这亦对。来日方长，细水长流，港式文青有他们的时间秩序，急不来也不必急。

"见山"门前的那抹灰蓝

有个午后在上环"见山书店"门前见过这样的一幕，是最标准的"文青影像"：木桌前，铁椅上，坐着一位长发少女，短裤 T 恤，托腮看书，阳光映照下，散漫的眼神闪烁着青春的光芒。我猜她并未专注于阅读，而是不断用视线余光注意着进出书店的人有没有偷瞄她，偷瞄的眼神又有没有包含赞美与欣赏。

这幕太似韩、日和中国台湾的小清新电影镜头，也许见过的人都不会记得太久，但少女却必深深记住一辈子，这个午后，她把自己留在这里，她的年轻岁月，她的文艺年华。这是"见山"，日后无论到了哪个岁数，见到山，见山如回"见山"，她将跟昔时的她重逢。

亦曾见一位少年，额前刘海儿几乎遮盖着眼睛，他低头站在门前的木架子旁，专注地拎起一本书，放

见山书店

下，再拎起另一本书，又放下。背上背着双肩包，短
褛，宽松的八分裤，卡其色的登山鞋。他的青春同样
跟"见山"重叠，他的身影让我想起巴黎河左岸桥头
旧书摊前的其他少年，沉静的姿势，骚动的灵魂，有
书便无分故乡或异乡。

　　"见山"门前有过的身影当然不只是年轻。尊子
来过，黄仁逵更是常来唱歌拉琴。都在门前的灰蓝色
石砖地台前，或午后或黄昏或夜里，替寂静的太平山
街添上背景声音，里面都有理想与盼望，也有挫败和
叹息，却都不绝望，否则根本再无必要或说或唱些什
么了。时代诡异地沉重，也就只好在沉重里自构轻盈，
在轻盈里瞻望前方，有书的所在便有乐观的理由，同
样可以联系异乡与故乡——门前的灰蓝地砖像河水，
be water，水在，梦想便在。

　　曾有一个夜晚，八九点了，书店已经打烊，却未
关灯，我凑巧开车路过，八卦地张望。兼职的店长告
诉我，黄仁逵和朋友在阁楼喝酒欢聚，店员手边也有
酒，我不客气地坐在门前跟她小喝一杯，天南地北聊
了一阵，黄仁逵和同伴们要离开了，几个人分别提着
乐器推门而出，踏过门前灰蓝地台，在昏黄的灯光

下，恍恍惚惚地像涉水而行，没有水声却又似溪声潺潺。我们不熟，只点头打个招呼，倒无碍于从心底冒起暖意。

不久后，闻说兼职店员离开了香港，和家人到另一个城市生活，在彼地，见到了山，猜想仍会想到此地的"见山"。

闻说灰蓝地台要被拆去。是可惜的，是遗憾的，但不至于恼恨。山可以是山也不是山却仍是山，关键在个"见"字，你看见，你见过，以至于曾经踏过跨过于其上，那道灰那道蓝便不会被荒诞的时代冲刷褪色。你仍在她的河里水里，直到你颓废地背弃书本，那才是真正的道别。

想来已有一阵子没去"见山"了，也许该抽空到一到，再踏一下地台，再跨过它一遍，不为道别，只为探望。见如在，不见亦如在，书店的力量正在于此吧？

书场从此寂寥了

总是在朋友离开之后方记起尚对他或她有所亏欠，尽管通常并非大事，却仍难安，于伤感之余有着莫名的愧疚。真是糟糕。

我欠了郑明仁先生一个帖子。

两个多月前在中环的一个古旧书展览上，遇见郑老总。我主要是去听另一场对谈，原来下一场轮到郑明仁开讲，我因另有安排，无法留下，郑老总照例热情地拉住我合照，又叫我替他录像两分钟。他瞪起眼睛说，你要贴出来让你的粉丝看看。我照例点头，而又照例点完头便算数，红尘多事，总是善忘。

忘不了的却是郑老总的朗朗笑声。"哈哈哈！哈哈哈哈哈！"，这不是倪匡的笑声专利而亦是跟他有着相同生命热度的人的笑声，豪情万丈，似是执着于生活却又活得无比洒脱，拿得起，放得下。而郑明仁

最热衷于拿的是书，到如今，人走了，对于书，就算
放不下也要放下。但我猜几年前大病过一场的他，早
已看穿看破，不会舍不得的。

郑明仁爱书，任谁都知道。我最常遇见他的场合
便是书店，主要在深水埗的二手书店。灯火昏暗的小
店里，书籍搁得满墙满架，书架之间只留一条窄道，
肚腩稍大的中老年人都不容易穿越。可是郑明仁偏爱
艰困地跻身其中。

许多许多次了，我进入书店，在书店间"巡视"，
从右边窄道走到左边窄道，眼前忽然有条黑影，他背
光，但我当然一下认出了他，于是高喊一声"郑老
总！"，他回笑道"哈哈哈！哈哈哈哈哈！"。两人闲
扯了几句，更多的时候是只点个头，没说话，各自继
续寻书观书嗅书，像老兽一样在书页的气味丛林里继
续寻觅属于自己的猎物。

有好几回，我在近门处询问店员或店主某些书册
消息，郑老总竟然听见了，隔远喊道，家辉，这本书
我有，过两日拿过来，你来攞[1]。有借有还，再借不难，
如此一来一往，我向郑老总借过五六本书，都是香港

1　粤语"攞"意为"取"。

历史类，为了参考写小说。感谢他的慷慨热心。

另外也常在旺角的二手书拍卖会上遇见他。他会出手喊价，有时候是要该书，有时候则纯粹俾面[1]朋友，不愿意见到朋友所写或所流出的书乏人问津。这是仗义。即使他不竞投，亦喜用声音参与，坐在观众席间，不断点评，"哗，呢本系好嘢㗎!"[2] "哎呀，呢本难得一见，买到就系欣到!"[3] 口水多过茶，却不扰人，反而甚富娱乐性。他亦是网上"三剑侠旧书拍卖群组"的主催之一，同样发言多多、竞价多多，令组内气氛如街市般热闹。

郑老总辞世是太突然的噩耗。宋代王炎有《宋可挹挽诗》："万卷藏书富，千金市义多。斯人今止此，造物意如何。风月空投辖，烟波冷晒蓑。林间谁挂剑，清泪堕悲歌。"这让我想起老话说"爱字不贫，藏书为富"。郑明仁其实是极富有的人，他不一定有金山银山，却有书海字海，他在海水里畅泳，累了，登岸休息，也许是无奈中的解脱。

遗憾的是，本地书场从此寂寥了。

---

1 粤语"俾面"意为"给个面子，赏个脸"。
2 此句意为："哗，这本是好东西呢!"
3 此句意为："哎呀，这本难得一见，买到就是赚到!"

那些年，
已逝去的

「眷恋」是糖，
「回忆」是醋，
用筷子夹进嘴里的菜和肉，
都有酸酸甜甜的额外美味。

孩子的眼睛

　　某零食连锁店据说全线结业，楼起楼塌，不免有一番唏嘘。

　　回想该店最初现身，店名走日系风格，有日字，又自称"良品"，店内商品颜色鲜艳地排列展示，灯火明亮，颇有小清新的摩登气息。我不嗜糖，却爱逛糖果店，就是喜其色彩艳丽，令我联想到小时候看的洋电影，阿里巴巴的宝山、巧克力工厂，诸如此类，暗暗觉得只要有甜食的地方便有秘密；我喜欢秘密，秘密里面有故事。

　　另一个喜欢逛店的理由是为了小孩子。并非只是自己的孩子，而是所有孩子，任何孩子，成年人带他们进店，孩子们仰脸望向由地板排列到天花板的零食，不管是辣的甜的，皆包装艳丽，闪灿灿的红蓝黄绿，更多的是金，像磁铁般吸住他们的眼睛。孩子们总不禁微张嘴巴，瞪大了双眼，明亮的眼神似两颗小小的宝石，又如磁铁般吸住我的视线。宝石里有难得的纯真喜悦，简单、直接、不可抑住，容易满足和感激；那是成年人失去的宝藏，只能从孩子的眼睛中寻回。

然而已经很久没踏进那店半步了。若真要说原因，恐怕是嫌挤嫌吵嫌乱吧。货品愈来愈多，放置得也愈来愈无秩序，经常站着几个大妈店员，操着口音不纯的广东话，算是第一代的"谭仔话"吧，不容易听得明白，只知道是吱吱喳喳地问"你想买乜"，卖力推销，力度过大得近乎骚扰。原来"日系风格"纯属浪漫的误会或误导，名字是日式，服务却是大江南北的混合式，店员的态度也非常港式，脸上表情不断暗示，要买就快买，唔买就快啲走，唔好阻住做生意。

但话说回来，我城许多店铺皆如此，不管店铺装潢或贩售商品是日式美式欧式韩式，还是台式，服务态度和质量依然是"港式"，眼神凌厉凶狠，节奏赶头赶命，语气硬邦邦，跟任何一间港式茶餐厅没有太大分别。"港式态度"是意志非常顽强的东西，无论香港人去过多少地方旅行、如何欣赏其他社会的服务态度，一旦回到我城，一旦站在前线的柜台前，始终是十居其九地、十年如一日地坚持用港式态度提供服务。旅行只是游玩，并未对精神有任何启蒙示范。

　　曾有一阵子，零食店内挤满各路观光客，或团购，或自由行，一年到头都似过年时的墟市，气氛是热闹的，欢乐满堂，可惜不是我杯茶，从此不再有兴趣光顾。想不到，成也败也皆萧何，当观光浪潮退却，一间本来尚算有卖点的店铺，兵败如山倒。为什么不转型，重新针对本地市场？恐怕有难度。该店的"商誉"近两三年受到严重冲击，许多年轻人闻其名即已厌其货，而零食又主要以年轻人为目标顾客，难怪门可罗雀，索性结业也许是好的选择，输少当赢。

　　要看孩子的眼睛，我只能回到玩具店了。

蓝雪柜

"蓝雪柜"收工了，佐敦的红尘浪里，顿然黯淡。

这两年夜里偶然路过那段街头，远远已经望见雪柜，清澈的蓝，明亮的蓝，像是一潭立体的湖水，明明静止不动，却又流动着生气。亦似有人剪下了一片蓝天，把它贴在墙边，驱赶黑暗，提醒所有人，所有有需要的人，信有明天，睡醒之后又是值得怀抱希望的新的一天。

湖水消失了，蓝天闭幕了，那个位置空荡荡，路过时，难免怅然若失。据说"蓝雪柜"的收工理由是因为社会复常，完成了它的"历史任务"，可以歇歇了。这个判断并非不合理，然而倒过来说，如果蓝雪柜代表着一种精神、一种盼望、一种召唤、一种象征，它便仍有坚实的存在下去的理由，不妨让它继续占领红尘一角——除非又有人以"美化市容"之名

GIVE WHAT
YOU CAN GIVE
TAKE WHAT
U NEED TO

送你所想
取你所需

蓝雪柜

硬要把它赶尽杀绝。

复常，可以是昔日的"我行我素，你死你事"的"常"，却亦可以是甚至更应该是努力让"送你所想，取你所需"成为日常之"常"，时时召唤互助共享的人文理想。蓝雪柜之现身虽然缘起于前者之常，可是，一旦存在了，便已有了自己的生命和精神，指向后者之常；这样的常，至少是它的理想，理该被继续看见。

所以蓝雪柜在佐敦消失之后，不知道会否有人在其他地方让它复活，以类似的方式让它的精神"常"在，持续地提醒路过的人，互助共享之必要？甚至，是否有可能在它原先企立的佐敦街头，最好是在原处墙上，像涂鸦般用湖水蓝的色调喷出它的原样，最好是立体视觉，让大家记得它、不忘它？喷笔旁边当然不妨加上几句说明、来龙去脉，让路过者明白简仲文先生的初衷召唤。简先生曾说："如果可以喺度做到少少嘢，咁就一齐做，带啲温暖畀人。"[1] 直接用广东

---

1 此句意为："如果可以在这里做一点什么，如此就一齐做，给别人带来温暖。"

话写出原句，不是鸡汤，不是金句，而是确确切切的实践示范。

通关之初，有几回路过蓝雪柜，见过若干文青在它旁边举起 V 字手势打卡。他们半蹲下来，笑意盈然，把街头景点收揽进手机镜头里面。可能"小红书"之类平台也曾介绍蓝雪柜，所以他们不感陌生，然而知道是一回事，亲眼望见又是另一回事，猜想他们或多或少在当下现场会被撼动，难怪我曾目睹两位文青少女从附近的便利店里走出，抱着几包朱古力之类零食，啪哒啪哒地跑到蓝雪柜旁，拉开柜门，把零食塞进去。善良的年轻人，不仅替别人带来美好，亦替自己的青春创造了光亮。而我觉得很好。零食向来几乎是文青的"基本食品"，她们喜欢，便买了，汲汲于把自己之喜跟他人共享，个中有着满满的纯良好意，当有人前来拉开雪柜，见到朱古力，尚未放进嘴里已经感受到浓厚的甜。

再见了，蓝雪柜。也真希望"再"见你，在佐敦街头，在任何地方，都能再见。

原来有附带条件

太子站旁的志记海鲜饭店将于月底结业，理所当然地引起一番关于文化保育的议论，相信许多人包括我在内，至今方知这幢被列为三级历史建筑的唐楼原来早已取得"历史建筑维修资助计划"拨款，而附带条件是，必须开放地面餐厅予公众参观。开放时间为早上 11 点半至下午 2 点，然后，下午 5 点至凌晨 1 点。

听来是善政，但正如许多网民热议，社会大众知道有此"视觉福利"的恐怕不多，而更重要的是，也许连饭店员工也不一定知道。若有市民贸然在晚市时间闯入，不点菜，不消费，纯粹斋睇[1]，很可能会被员工拒绝，或被其他食客厌弃，岂不麻烦？

志记结业后，或有新的食肆开张，到时候，相关

---

1 粤语"斋睇"意为"光看"。

保育单位应该跟店主认真沟通，在推广上和操作上想出两全其美的方法，既不妨碍打开门口做生意，又可满足市民的考察好奇心。魔鬼在细节中，天使同样在细节中，千万别让良法美意沦为空言。

其实政府对于许多私人空间皆有"附带条件"，只是常被有意无意地低调处理。譬如说，某些豪宅楼房的停车场，按规定要拨出若干空位，以时租方式让有需要的外来车辆付费停泊，但许多豪宅的管理公司只在停车场入口竖起毫不显眼的时租标示牌，猜想是刻意"赶客"，避免外来车辆"入侵"他们的尊贵空间。一般驾驶者忽略了个中权益，只觉豪宅气派奢华，自己没资格分享停车场的一杯羹，可惜了，也蚀底[1]了。

说回志记。我只光顾过该店一回，门口有一排大鱼缸，内有鱼虾蟹之类，不算特别。特别的是高高挂在门前的霓虹招牌，绿框橙字，是地道的庶民美学。店里，灯火通明，亮着典型的"世界光"，白光管耀眼地亮着，仿佛五十年如一日地、顽强地抵抗店外世

1　粤语"蚀底"意为"吃亏"。

界的入侵。店面不大，客人多，据说常要等位，我去的那回也等了廿分钟，桌子贴得紧密，食客大多是街坊阿叔阿婶，也有慕名而来的文青，声浪喧哗，人气跟海鲜一样生猛。

至于食物质量，大概合格吧，我觉得。没有失望也没有惊喜，价格略高于同等级的街坊海鲜饭店，倒未算太贵。其实这类老派饭店，我最偏爱的始终是九龙城"南记"，是潮州菜，小小的店面，有阁楼，颇适合让杜琪峰租来拍黑社会电影。该店连老板带伙计，不过四五个人，你坐下后，老板会亲自推介独特菜式，什么合时，什么当造 [1]，有亲切感而无压迫感。我特别喜欢该店的冻乌头和马友，肥瘦合宜，想起即流口水。

志记近尾声，唔帮衬都不妨去睇吓，香港人精神，千祈咪执输 [2]。但其实若对"纸上游"更感兴趣，陈国豪先生的《寻踪觅迹》一书值得推荐，作者爬梳四代唐楼的前事和现况，条理清晰，带你卧览建筑史，天时暑热，点都 [3] 好过出街。

---

1 粤语"当造"意为"当季"。
2 "千祈咪执输"意为"千万别落下风"。
3 粤语"点都"意为"无论如何"。

街市食肆

北角东宝结业，新闻说，"食客闻风捧场，整晚座无虚席"云云。

咦，不会只是结业之夜才满座吧？平日不是已经一座难求了吗？那本来就是个旺场呀，不容易订到位、揾到位，到了结束的时候，多了怀旧的理由，更有热情去一去，"眷恋"是糖，"回忆"是醋，用筷子夹进嘴里的菜和肉，都有酸酸甜甜的额外美味。

很多年没去东宝了，因为受不了这种"糖"和"醋"。去过三四回，食物里颇多"师傅"，我有味精过敏反应，但因朋友邀约，盛情难却，否则去过一次已很足够。然而这不代表我不享受。在街市开餐，味道往往是次要的考量，真正图的是"热闹"，比在其他食肆多出一份肆无忌惮。

从来不会有人把街市和安静挂钩，一个鸦雀无声

街市食肆

的街市，未免有几分恐怖感。街市，是人间烟火的集散地，摊档摆卖的是口舌的欲望，顾客前来亦是为了口舌的满足，湿漉漉的地面，人挤人的窄道，不管有没有猪肉威威，你走进去，滚滚红尘，人声鼎沸，肾上腺素立即飙升。有些街市据说已经"改革"了，地板光洁，灯火明亮，档口通道宽敞畅顺，这是另一种方便购物的乐趣，代价是降低了市井劲道，很大程度上失去了马戏团般的缤纷气息。

　　每回走进老式街市，我的目光常被挂在摊档前方的橙黄灯泡吸引，它们悬吊在鸡蛋或其他蔬果上面，无声无息，却似在向顾客招手。摊旁通常坐着个大妈档主，穿着红围裙，蓝绿间条长袖运动衣（有人做过统计吗？不知何故，街市摊贩似乎特别偏爱蓝绿间条），只要顾客瞄一眼摊货，她马上扯开嗓门喊道："又平又靓！唔新鲜唔收钱！"声量足以把你的肾上腺素再度拉高十巴仙[1]，连带牵动消费冲动，离开街市之际，你手里拎着的环保袋里多了不少原先没打算购买的干湿杂货。

1　粤语"巴仙"为"百分率"之意，东南亚一带华人常用。

　　所以，去街市开餐，尽量别搭电梯，不然会降低"预热"的体验。最好直接走市场，穿越窄道，虽然时近黄昏，许多摊档已经打烊，令气氛有些"疲惫慵懒"，但那不碍事，反而会令你更感饥肠辘辘，肚子冒起一阵咕噜，然后，你走到楼梯口，三步并成两步，冲到二楼或三楼的食肆楼层，找到位子，找到朋友，坐下来，开始享用美味的晚餐。

　　但这样的美味，毋宁更接近"风味"，低低压着的天花板，人人街坊装，喧哗之声不绝于耳，像波浪把你的亢奋一直推往高处。而且像东宝之类的食肆，习惯拿"战斗碗"让食客喝啤酒，端碗猛灌，仿佛能够增添酒精含量，没喝两三碗已经面红耳赤，张嘴说话并非"说"而是"喊"……你喊我也喊，桌与桌似在比拼，却谁都不会怪谁。

　　街市食肆并不会因东宝而绝，但最重要的是，你要懂得欣赏。

酒楼的楼梯

湾仔大荣华围村菜停业，又有另一波的打卡热潮，老街坊蜂拥去食大大个的叉烧包，拍照留念，日后好在照片里寻回舌头上的老滋味。

但，如果确是老街坊，总该记得该处的大荣华昔日只叫作"荣华"，也没有"围村菜"的加持吧？荣华酒楼就是荣华酒楼，好长的一段时间了，直至某年某月，忽然加了个"大"字，也把围村名号挂在后头，把湾仔和元朗两个格格不入的地区直接联系起来，虽是卖点，却亦不无突兀，至少我，听来即觉碍耳。

曾在骆克道和史钊域道交界的某大厦居住七八年，斜对面便是荣华酒楼，高高挂着的招牌夹杂着黄橘红绿四色，像个永不拆下的花牌，望向窗外，一年到晚都有节诞的喜庆气氛。地点就脚，当然变成日常饮茶的"饭堂"，家里的长辈寿宴和中秋团聚亦大多设席于荣华，其后我虽搬离了湾仔，偶尔路过，远远见到招牌，眼前却仍马上闪现一张张人脸，喝得脸红脖子粗，男的女的，眼里尽是欢乐喜悦，但明明各有各的生活困顿，或婚姻离异，或两代不和，也有的欠债累累，听长辈们约略转述过他们的挫败，当时年轻的我不太明白为什么他们仍然笑得出来，更曾厌弃他们的"虚伪"。直到自己有了若干年纪，才恍悟，困顿归困顿，挫败归挫败，到了欢聚的时候，总不能带来一张扫兴的愁眉苦脸。除非不出席，既然来了，便要笑，这是人际的义务和责任。而这，亦叫作成熟。

更何况，能够为了某些理由，去到某个场所，暂时把困顿和挫败留在门外，在夜晚的短短几个钟头里，看见熟识的亲友，谈往事，凑热闹，"今朝有酒今朝醉，明日愁来明日当"，等于善待自己。生命苦短，多善待一回便是少亏待一回，切莫错过任何机会。愁眉苦脸不会令困顿消失，亦无法对抗挫败，反而，把几个钟头的欢乐看成一次难得的"充电"，翌晨睡醒，说不定更有力量迎战烦恼。

对于荣华，我的另一个深刻印象是大门里面的长楼梯。去饮茶时，经常负责照顾亲戚带来的两个孩子，大概六七岁，我其实亦只是十一二岁，在那没有手机的年代里，最大的快乐是一起"玩楼梯"，站在梯间最底处，包剪揼[1]，谁赢了便可往上走一级，谁先走完楼梯谁便胜利。昔日许多酒楼都有长楼梯，记忆中，龙门酒楼有，双喜茶楼有，英京酒家的楼梯更是云石造材，宽阔厚实，一路回转向上，换作当下，必被视为危险，因为没有地毯，孩子不慎跌倒即会受伤，但那年头可没这么计较，危险就危险吧，气派较为重要，笑声与欢乐更重要，在楼梯上玩耍过，那笑声，铭刻在心间，日后几十年也不褪色。

酒楼的楼梯，终究是孩子们最关键的童年回忆。

1　粤语"揼"意为手握拳。

风前老泪满江湖

　　追看了个多星期的奥运，在赛事与赛事之间读到其他新闻，恍恍惚惚，略有虚幻之感。中东的战火危机，俄乌的战事延续，各地的水灾火灾与人祸，以至于熟悉环境里的各式悲剧，工人的不幸失亡，车祸的血腥意外……如常地在发生中、进行中，有人在不休不止地哭喊。观看体育比赛可以暂忘世界，然而，暂忘并不代表消失，当关掉屏幕，回归现实，人间依然全是混沌混乱。

　　于是，奥运之屏几乎像叮当的"随意门"，跨踏进去，离开这里，可以体验一阵子的轻松。但问题是跨踏进去总有时限，总要回头，总要归来，在门的这一边，依然乌云密布，雷电交加，远方依然有战争，近处依然有凄凉；大门两边的强烈对比，真不知道是福荫抑或是反讽。

　　8 月了，为期几近一个月的"哆啦 A 梦热潮"或
会消退。过去几十天，我城各处皆可见到机器猫，无
处不叮当，算是缤纷活动里的一个精彩高潮。有一个
晚上，心血来潮，跟朋友到尖东海旁观赏拍照，到达
时才发现原来需要预约，免费。只好站在远处，隔着
一条条蓝色的尼龙围线眺望我的老友们，叮当、大雄、
肥子、静香，也千方百计找个好角度跟他们遥遥"合
照"。拍出来的效果不错，仿佛他们也发现了我，也
面对我的手机镜头展露熟络的笑容，跟我打了个热情
的招呼。

　　朋友说，其实有黄牛票可买，五十元人仔[1]。只要
按几下手机，付款后，对方即会传来二维码，给检查
人员一扫即可入场。我觉得此事很不妥当，便拒绝了。
我猜叮当和大雄等老熟人也不会赞成。

　　其后我仍然没有预约，倒另有机会亲近了叮当，
而且是在一个有点不太协调的场地里——庙街。

　　榕树头，天后庙，广场上，竟然摆着个纸板叮当，
旁边更有一道粉红色的随意门，平日这里晚上暗淡无

1　粤语"人仔"意为"人民币"。

光，如今却有微弱的街灯光线，映照着如斯童真的摆设，相衬于坐在四周的中老年人，气氛突兀得略带诡异。我蹲在叮当和随意门之间的地上，拍了照，也装模作样地在门框旁边打卡，挥一挥手，仿佛马上会穿越到另一个时空。

到底是什么时空呢？会不会从门的另一边走出来，眼前看到的是四五十年前的榕树头，有人摆摊卖鸡脚和大肠，有人拉琴唱曲，有人表演魔术，有人讲故事，有人卖白榄？会不会遇见四五十年前的长辈，他们或蹲或坐地享受属于他们的夜缤纷？

走路回家时，我又想到，现下坐在纸板和随意门前的中老年，也曾年轻过啊，而他们当年可能亦是叮当迷，跟我一样曾在《儿童乐园》上追读叮当和大雄的历险传奇。眨眼几十年，这时候跟叮当一起坐在庙前，叮当望着他们，他们看着叮当，机器猫年轻依旧，而他们忆起往事，却已是，树下昔谈偷日月，风前老泪满江湖。

只留下一抹
忧郁的蓝

记忆像蛊惑的精灵，
躲在脑海深处的神秘角落，
往往在不经意的时候，
蹿出来吓你一跳。

希望一切都是注定

难怪一直有人说香港愈来愈似马尔克斯《百年孤独》的南美土地，众多的离奇事件，魔幻式的写实现况，在在皆似寓言与预言，蔚为奇观，里面却有深深的苍凉启示，百载轮回，作家是创作却亦只是诡异现实的加工者。珍宝海鲜舫之沉没，自是绝佳的想象材料。

简直像陈浩基《1367》的推理故事了。先是后栏厨房失火失救，然后是，快刀斩乱麻地被拖到公海之上；再然后，据说是遇上大风大浪，船沉海底，打捞无从，灾难连灾难，一环扣一环，仿佛是编剧家花了心血才铺排得出的情节。

而当海鲜舫没顶之际，如果这是电影，便该有配乐了，最方便是用现成的《上海滩》，浪奔浪流，万里滔滔江水永不休，淘尽了，世间事，混作滔滔一片潮流；不然也可用《大地恩情》，河水弯又弯，冷然说忧患，水涨水退，难免起落数番。歌声寄情意，有请叶丽仪或关正杰，这回不必劳驾小凤姐了。

如此命运，自可延伸出无数的背后猜测。商业操作的、政治阴谋的，以及怪力乱神的。珍宝不是从诞生之始已经命途多舛吗？1970 年动工，耗时一年多，快建好了，忽然因为电焊花火惹起四级大火，火烧连环船，深湾船坞员工及附近艇家渔民死了三四十人，老板欠缺修复的财力，唯有忍痛出售，由何鸿燊和郑裕彤接手。1972 年，是的，刚好是五十年前，港英政府发出重建的许可证，由该年的重修起算，至今天的神秘沉没，仿佛"五十年不变"的承诺正好到期，曲终人散的时候到了，命中注定要消失的总要消失，前世今生，多少华丽，几许沧桑，尽困在海底深处的一堆废铁里。

所以奇怪怎么没有玄学家跳出来解吓画？他们大可说，珍宝的动工时间选得不对、祈福仪式不够完善、停泊位置方位犯冲、取名笔画五行欠吉……诸如此类。世态愈乱，我愈真心转向"不问苍生问鬼神"，因为愈问苍生，愈容易心痛，反而渴望听见有人实牙实齿地说，都是命中注定啦，万般都是命，半点不由人，听完了，感想是："哦，原来如此？怪不得如此。我认了。"认完，自较心宽。老话说"心安理得"，其实，往往是倒过来的，先有"理得"，然后才会"心安"——歪理亦是理，自欺欺人的理也是理，有理便好，世事总得有个说法。

珍宝去后，太白海鲜舫仍在。太白比珍宝"年长"得多，最初只是长艇，其后发展成船，又其后，被珍宝迎头赶上，彼此竞争一番，再被收归到同一家商业集团旗下，集团却以"Jumbo Kingdom"做统称，等于由珍宝"吃"了太白。没想到，输了几十年，到最后，珍宝反而沉没，太白却仍健在，并且有可能重新营业。

太白没有像李白般堕海身亡。它赢了，真好命。

寂寞南岸

珍宝海鲜舫去后，南岸狭湾剩下太白海鲜舫，早已停运，雕栏玉砌亦已斑驳，却仍矗立海面，算是对逝去辉煌的沧桑见证。船在，历史便在，"历史感"永远透过视觉物质呈现，他日若能复业，你路经此地，大可对年轻的子女或孙子说，啊，这里以前有过"三国演义"，三船并立，热闹得很呢；可惜我城向来只容喧闹而不容热闹，能有"独家村"，已经不错啦。

我算幸运，也见证过"三国演义"的烟火鼎盛场面。那年头，珍宝、太白、海角皇宫，三座宫殿式的海上豪店占领深湾海面，码头旁是各式各样的渔艇和快艇，如大将军战阵里的士兵，颇有战争的戏剧气息。

祖父母葬在香港仔华人永远坟场，清明重阳上山祭拜，通常其中一次会在结束后，由父母亲领军，一家人，老老少少，走路到其中一座海鲜舫享用中餐。

珍宝海鲜舫昔日盛景

爸妈家里至今留着刻有"珍宝海鲜舫"五字的象牙筷子，那年头，气派大，光顾到某个价位便送象牙筷，取个长长久久的好意头，殊不知，筷折船亡，而即使有"但愿人长久"的渴望，肯定亦必枉然。盛筵必散，人无不灭，到头来，终究大梦一场，山头上高高低低的墓碑便是明证。

记得有一回，在珍宝饮茶时，我忽发奇想，对家人提了个创意。其实三只海鲜舫应该联合搞营销，在码头旁大开喇叭播放大锣大鼓的音乐，更安排一日三场演出，三船各派人员，身穿古装，擂台比武，当然是假装的啰，重点是要把古代的武士战斗场面重演人前，让大家感觉来此不只是为了吃食而更极具娱乐气息。

之后我又延伸出其他想法。不妨再玩大些，三船每年挑个日子，各自改装，一艘布置成英国军舰，一艘伪装成中国战船，最后一艘，则挂起几块帆布，假扮成海盗船艇，齐齐 roleplay（角色扮演），合弄一出惊心动魄的海战戏码，势必震撼人心，成为香港旅游的吸引特色。

多年之后，一艘船没有了，再一艘船没有了，我的想法当然不可能落实，但若仍处于当年的"三国演义"盛世，大可把剧本编成中国古代战船大败洋鬼子和小海盗，这对于宣扬我国威风和提振民族尊严，大有助益，说不定能够招徕无数赞助，是很不错的商业考虑。

今天的深湾海面寂寞了，唯剩太白坐镇，像老去的长者，半瘫在轮椅上，苦候复健的奇迹出现。据说太白海鲜舫最初只是小小的登陆艇，其后，改装再改装，扩建再扩建，始有奢豪的规模。船舫之名，取得有诗意，却亦悲凉，"巨海一边静，长江万里清""月下飞天镜，云生结海楼""西江天柱远，东越海门深"……李白先生有太多的怀海咏江的诗句，而最后，他亦命丧于江底，似是对珍宝的隔世预言。舫起舫沉，如香港，也就这样了。

如果何鸿燊仍在

珍宝海鲜舫到底沉了没呀？

一时一样，玩死人也玩死船。

一日话早已船沉海底，连尸骸都揾唔番[1]，唯待百年之后，深海寻奇，打捞现身，成就历史传奇。但过两日又说只不过船身翻侧，海鲜舫仍在海面，有待进一步拯救拖走。魔幻写实的我城故事，不可思议。

据说海鲜舫出事的地点是公海。这公海，跟我城距离应该不算太远，船公司竟然过了这么多天（执笔本文时是周五下午）仍未公开任何照片佐证，船沉船浮，状况如何，在这网络图像年代，太不应该了。这遂令人有更多的阴谋揣测，闷葫芦里不知道卖什么药，含糊不清永远是阴谋论的滋生温床，别怪大家不信任

1　粤语"揾唔番"意为"找不回"。

你，要怪，就怪自己没替大家提供足够的信任基础。

船公司以外，是海事处之类的相关部门。海鲜舫现况如何，竟然容许船公司颠三倒四，如果这不是包庇纵容，什么才是包庇纵容？就算船公司颠三倒四，有关部门难道没有责任或意愿或能力去主动追查？派人到公海了解一下，拍些照片（即使船沉了，拍些海景回来也好！），尽快向公众说明，不可以吗？而有关部门偏偏不去，或去了没拍，或拍了没有公开说明。如果这不是失责或懒惰，什么才是失责或懒惰？"不作为"就是失责，或者，作为得不够多、不够快、不够精准，亦是失责。如斯表现，实令我城居民震惊。

对于海鲜舫被拖走之事，我一直有个想象的问号：如果何鸿燊仍然在世、仍在话事[1]，而如果海鲜舫仍然归他管理，不知道他会否使出奇招，让海鲜舫起死回生。

何先生做事，多年以来，大破大立，出手快、狠、准。上世纪 60 年代的香港仔，本来有两艘海角皇宫海鲜舫，他毅然收购其中一艘，移到澳门，改装成

---

1 粤语"话事"意为"做主"。

赌船，替该船创造了另一轮的黄金盛世。90年代末，他又把另一艘海角皇宫转移到菲律宾，重新布置营业，令船成为当地本土旅游的热门景点。十多年后，他把船捐赠予青岛市政府，再替海鲜舫铺排了重生大计，可惜青岛的基建配套无法落实，船体弃置了，剩下冷冷清清的空壳，跟香港的太白和珍宝遥遥相怜。

假如何鸿燊仍在，珍宝海鲜舫可有得救？不容易，却亦说不定，视乎何先生能够想出什么主意，他头脑精明，你永远估佢唔到；如果估到，他便不是何鸿燊了。至少，他该不会像他的子孙后辈一样，把船说弃就弃，无人认领，乏人问津，如斯失面子的事情，猜想何鸿燊不会接受。就算赔本，他亦会把珍宝维持住，老派人把颜面看得比什么都重要，这点价值观，往往并非后辈们所能了解或认同。

珍宝说沉了却似未沉，真是被玩死。索性沉了更好，这亦是面子问题。沉了，冇眼屎，干净盲，一了百了，也很好吧？

记忆的记忆

对于珍宝海鲜舫的回忆话旧，出现了不少张冠李戴的尴尬，把某些发生在太白海鲜舫的情景移接到珍宝之上，譬如说，某些电影的取景。

也许因为执念太深，情也浓了，难免把所有的好都归在爱恋对象之上，与其说"认定"好是好，毋宁是"愿意"她是好，对人对物对事，无不如此。这是不自觉的记忆错误，同时是浪漫的错误。是情绪在对记忆说话，记忆里的"真相"，只是情绪的真相，倒过来说，其实不仅是爱，就算是恨，也如此，愿把世间所有的邪恶都归于所恨之人之物之事。当爱时，无一不好；当恨时，无一不坏。

记忆从来不可靠，也尚有太多不了解之谜。长期记忆短期记忆，理性记忆感情记忆，语言记忆视觉记忆，操作记忆思维记忆……无论怎么分类，记忆都像蛊惑的精灵，躲在脑海深处的神秘角落，往往在不经意的时候，蹿出来吓你一跳。

对于往事，荷兰籍的心理学家德拉埃斯马指明："我们所能拥有的顶多只是对记忆的记忆。记忆是有选择性的、不完全的、被添加上色彩的。记忆的记忆也是如此，但这带来额外的问题，你再也无法获取原初的记忆，你不可能回到当初看待这个事件时的观点。我们对往事的记忆而不仅是看法，会伴随人生变化而改变。"发生过的，你忘记了；没出现过的，你却确信其真。即使对于曾经有过的事情，回头重述，你的语言你的感情都会扭曲了记忆的意义，因为，时间如河，你已在河流的另一个点上，把目光转回你出发之点，横看成岭侧成峰，记忆正是百变的峰和岭，视乎你当下身处何地而有了不一样的名称。

所以德拉埃斯马说："每个记忆都在时间的两端做联结。当你运用回想能力的时候，你此刻想法和情绪的一些元素也会进入到记忆之中。记忆并非档案书的资料，无法在你取出查阅之时原始重现。当你使用记忆，你就会改变记忆。你就像用手边现有材料做一道菜的厨师，那道菜，每次都不一样。"

这现象对于研究者所说的"自传回忆"最为明显，因为既是忆往话旧，便可查考真伪，结果发现许许多多的名人——即使在毫无现实需要去说谎的情况下——仍对走过的生命路途有所"伪作"。那是不自觉的记忆错误，误以为真，其实是希望它是真，往往也因为看过相关的照片或听过亲友的述说，藏在心底，想象已久，许多年后便把零碎的印象统合成一个属于自己的故事；这故事，像鸡尾酒般混杂，亦像抽象画般混沌，但对自己有意义，真或假已不重要。

关键是，它是我的，我在故事里找到自己的情感位置，不一定是"安身立命"，却能够"安心立意"。错误的记忆其实是药，不可以没有它。

今天，
想象九龙城寨

在流行文化里，
城寨形象的呈现是
阳刚的、阳性的，
但在这之旁之下，
另有难以听闻的
阴性哭声喊声
在说着另一种苦痛故事。

王　九

《九龙城寨之围城》叫好叫座，谢票场上却出现闹剧插曲，一名获邀上台的男观众突然挥拳踢脚，碰到了伍允龙，还把他推倒。伍允龙是拳术高手，但面对突如其来的偷袭稍处下风，面子上终究有点失威。可是，也许正因他是高手，不屑还击，反正身体丝毫无损，处变不惊，恰恰展现了他的坚硬和气度。没事没事，这电影把他的人气拉拔了百分之五十，此事只不过是爆红之后演艺生涯的小注脚。

伍允龙在戏中饰演王九一角，坏到出汁，却不见得是奸。"坏"和"奸"是两个概念。坏，是无底线，通常亦是无遮掩，把邪恶贪婪刻在脸上，为所欲为，毫不留情，从来不管他人死活。"奸"则常跟"诈"字挂钩，笑脸迎人，笑里藏刀，然后出其不意地插刀捅刀，使人防不胜防。现实里，坏人易辨，奸人难挡，若非有过若干人情世故，很容易跌进后者设下的坑。老话说"把你卖了，还要你替他数钞票"，指的就是这类可怕的人。

王九角色的设定就是用"坏"来调度剧情。他对社团老大坏，他对城寨居民坏，他对古天乐对林峰对任贤齐坏，一路坏到底。所以连造型亦是极坏。蓬乱的长发遮住半边脸，从第一秒到最后一秒都戴着墨镜，身上的西装是土豪般的又黄又浮夸，活生生像漫画里走出来的大坏蛋，形象极度刻板化，接近经典的火云邪神和金毛狮王，最适合做个手办人偶以拓展周边商品。

连王九使用的武器和武功都是"坏"。左右开弓，一手一支机关枪，又懂硬气功，即所谓的"神打"，是老派的邪门功夫（骗术），彻头彻尾适合神话般的故事情节。这样的安排当然只是为了戏剧效果，却有点过头了，困在港产片的夸张陷阱里。机关枪乱射两分钟，子弹却都只擦身而过四个英雄少年，颇为搞笑，其实大可不必如此；没有机关枪亦根本完全不影响搏斗的刺激，有了枪，反而显得这个坏蛋有点笨拙，眼界极差，可能正因为他全程戴黑超，自废眼力，要怪只能怪自己。

伍允龙的坏蛋角色，坦白说，不必讲究什么演技，因为全无感情戏可言。能够赢得观众喝彩，他依靠的是夸张行径和一副没有底线的坏心肠，以及硬朗如石的身躯和翻前仰后的好身手，自此而后，他在"打仔界"更上层楼，甄子丹有了劲敌。

而这次谢票被观众偷袭，其实是他的"荣誉"，因为反映了他令观众看得入戏，被观众恨之入骨，亦成为勇武观众的挑战对象。据说当年的石坚也常在现实生活里被人挑机[1]，走在路上，有人喊打，有人痛骂，似皆想替黄飞鸿出番口气。演戏在这份儿上，他赢了——打个荒唐比喻：AV 女优被愈多的人视为欲望对象，表示愈红，不是吗？王九一出，谁与争锋。伍允龙终于真正红了。

1　粤语"挑机"意为"挑衅、挑战或试探对方的实力"。

追　龙

　　九龙城寨继续是热议话题，潘灵卓的名字再被提起，甚至有人说导演被她的善功德行触动了，所以把电影拍得特别有情有义。但电影里，完全没有她的身影啊。其实不妨有人拍些短片，用戏剧的形式，就算是加油添醋也好，透过她的视角，深刻刻画当年城寨里的黑暗与光明。

　　当网媒和纸媒谈及潘女士，略有提及她写过的回忆录，却几乎没有深入引述。也许记者们疏懒不翻书，也或者不容易找到原著了。这本书以英文写成，*Chasing the Dragon*，有十多种外语版本，包括中文，直译为《追龙》，一语双关，追龙是吸食白粉的意思，其中的"龙"亦意喻中国，作者前来东方，便是用她的宗教信仰来追逐迷失的龙。

　　回忆录里，潘灵卓写了许许多多的小故事，尽管都跟信仰有关，但在她跟"迷失小龙们"的互动过程里，仍突显了彼时彼地的人情肌理，例如警察和黑帮的勾结、黑帮社团之间的斗争、城寨百姓的生活日常之类。举个例子：她帮助一个年轻道友阿武戒毒，其后，阿武的大佬跟她见面，对她道："我相信你跟我一样照顾我的兄弟。"

见面地点在城寨的茶寮，她喝咖啡，他喝好立克，烟不离手，两人吃菠萝包。大佬在进入城寨以前是知名的足球员，三十多岁，拒绝白粉，却常抽鸦片，瘦骨嶙峋。他用和善的语气跟潘灵卓说话，潘女士却道："我确实关心他们，但我们之间没有共通点。我痛恨你所有的勾当。"

大佬愣了一下，回应道，你和我都是有能力的人，你的能力来自这里。他用手指笃了一下自己的胸口。我的能力却来自这里。他高高举起自己的拳头。

原来大佬希望潘灵卓加大力道替他的手下戒毒。他说，我不准他们吸食海洛因，但他们还是戒不了。我观察了你很久，有信心你能帮助他们，所以把他们送到你手上。

岂料潘灵卓一口拒绝："不行！我知道你的如意算盘，你想他们戒毒后继续替你拼命。但基督徒不可以有两个主，他们跟了基督才可戒毒，但之后便不能再跟你了。我帮他们，不是为了让他们回去服侍你，而且，他们回去跟你了，便会再吸毒。"

大佬低头思考一阵，耸肩道："好吧，要是他们真的要跟耶稣，我就让他们走。我会把无用的兄弟交给你，把有用的兄弟留给自己。"

潘灵卓回应说："好！反正耶稣也是为了无用的人而来。"

最后两人握手，有了合作的空间。潘灵卓觉得不可思议，她以为黑帮绝对不会让兄弟离开社团。但更令她不可思议的是，大佬夸下海口道："我会等着看，如果他五年之内不再食白粉，我自己也会信耶稣！"

后事如何？卖个关子吧，最好自己去读《追龙》，也最好有人拍出影像版的故事。潘女士今年八十岁，是值得港人尊敬的经典传奇。

男子的皱纹

《九龙城寨之围城》电影全名尚有"之围城"三个字。意思很明显了吧？这只是故事的一个章节，尚有其他段落，大可延伸拓展，拍出另外几出"之"乜"之"物的戏外戏。

不太意外吧？

我没看过电影的漫画原著，想必跟戏一样人物丰富。而电影改编得好，不啰唆，不蔓延，单刀直入讲两代人之间的江湖恩怨，呈现了不同的独特角色和性格，其中虽略有犯驳之处，例如林峰如何和为何流落外地而又要重返香港之类，却不碍事，因为不妨视之为悬念，留待其他戏外戏再去解释。

戏外戏，往往可以变成独立的好戏。九龙城寨的故事，可以有郭富城的陈占外传，可以有古天乐的龙卷风前传，可以有林峰的陈洛军及其兄弟的后传，更可以有洪金宝的大老板和任贤齐的狄秋别传，此传彼传，皆能成就传奇故事。情况有点似好多年前的《古惑仔》，一片带出多片，一人牵出多人，衍生了许多的系列电影，电影题材黑暗，却是港产片影史上的亮丽 IP；光明与黯黑纠缠相生，正是香港"暧昧"精神的侧面折射。

　　看这电影，一个"爽"字了得，是百分之百的爽片。拳来脚往，刀枪齐飞，男人们的江湖情仇像熊熊烈焰，把观众的心燃烧得火辣。戏里出现过女子身影，却不存在情欲爱慕，百分之九十九是男子之间的斗争拼搏，难怪有人说颇有"基味"。其实，在中国的古典小说里，男人所谓的"义"本就有爱情的本质，相知相惜，相护相怜，一约既定，万山无阻，可能比宫二小姐和叶问先生的戏里爱情还更坚固。

　　《九龙城寨之围城》里的男子们，除了郭富城仍然是俊美的郭富城，其他角色造型都放下了身段，把满满的沧桑感呈现到观众眼前。古天乐的衰败，使人怜惜心疼；林峰更是脱胎换骨，用饱满的肌肉和颓散的面容在观众心里有了新的认识角度；连作家乔靖夫在影像技术的调度下也有了爆发性的阳刚魅力，短短的几个镜头，让人难忘。

至于任贤齐，"牺牲"更大了，几乎让人认不出来。近摄镜头和阴影灯光一再令他的五官歪斜得如即将崩塌的山陵，有几分"英雄迟暮"的哀伤感，却也诉说着故事，如《百年孤独》里的上校，自称身上的每道战争伤痕都替他添了一岁，层层相加，他便如百年老妖老怪老仙般有着不可解却又令人极想去解开的传奇。

一般港产片动作里的男主角，无论如何历尽折腾，不管死里逃生了多少回，几乎仍是青靓白净和官仔骨骨[1]，大不了在脸上贴块胶布或涂个假伤疤，便算了事。但《九龙城寨之围城》里的男人，脸上都是皱纹，美术指导和导演都充分掌握了"褶皱美学"的重要性，将之呈现，将之突出，让皱纹成为男人脸上的化妆品，有了动人的重量。

男人皱纹，可供凝视，但女性主义者想必反对。

1　粤语"官仔骨骨"意为"斯斯文文、文质彬彬"。

城寨复治计划

　　近日的九龙城寨怀旧热潮，无不谈及 20 世纪 80 年代末的居民调迁、90 年代的正式拆除，却很少提到 30 年代的争议；彼时，港英政府发难驱赶城民，闹得沸沸扬扬，虽然很快平息，到了 40 年代中却再有攻防。要了解城寨的前世今生，切切不可忘记这段暗史。

　　南京大学教授孙扬曾写论文剖析此事，扼要明了，其后收在《国民政府对香港问题的处置（1937—1949）》书内，七年前初版，猜想现下仍可寻得。

　　话说 1933 年，港英政府规划九龙的发展蓝图，打了城寨主意，悍然于 6 月份向居民发出公告，逼令他们尽快迁走，居民不服，向时任国民政府外交部两广特派员甘介侯申诉，外交部火速跟进，跟港英政府交涉，谈了又谈，叫价愈来愈高，除了不准驱逐城寨居民，更变本加厉，要求恢复中国在城寨的治权；"收回城寨"之议，一时间备受议论。

港英政府如何回应？

当然只是哈哈一笑。说不定鬼佬们闭门开会，可能会说，好啊，把城寨还给他们吧，看他们能够管出个什么样子？我们把城寨围封，只需一个星期，他们必会走夹唔唞[1]，倒过来央求我们接收。

交涉谈谈停停，终因日本鬼子侵华告终，到了战后，有中国官员在胜利的高昂情绪气氛下，忽然发难，把目标对准城寨，主张国府硬起来，强力洗脱国耻。1946 年 7 月，时任宝安县长林侠子多方位出击，向广东省政府、外交部及两广特派员公署提出请求，希望"复治城寨"，而外交部的回应竟然是"自属可行"。有人撑腰，林侠子的胆子大了，遣派宝安县民政科科长谭家琳南下香港，会同两广特派员郭德华考察，然后着手制订治城方案，设立城寨保长一职，主责深度规划。

港英政府马上还拖[2]，公开表明，清政府派驻在城

1　粤语"走夹唔唞"意为"拼命跑，赶紧走掉"。
2　粤语"还拖"意为"还手，反击，还击"。

寨的官员已于 1899 年被驱逐，当时的清廷没有抗争，意味港英已有城寨的管辖权，断无"归还"之理；中国政府听后，不甘示弱，外交部立即还击，表示"我对九龙城内治权，从未放弃故也……刻正采取各项措施，俾在九龙早日重建中国之民政管辖权"云云。而内地各省各地的报纸皆高调支持政府的强硬态度，主张一举收回香港和澳门，甚至许多省市的参议会、商会、工会等团体皆向中央政府发电，提出类似的呼吁。中央政府内部曾有高官主和，认为应该慎重其事，却亦有人坚持主战，例如外交部发言人、情报司司长何凤山竟然对部长王世杰说："国家领土的事，大事也！我固属担当不起，部长的责任尤大，更不能不了了之。"

　　1946 年 11 月，宝安县政府煞有介事地向广东省民政厅呈报了《宝安县政府九龙城复治计划大纲草案》，详列清查户口、编办保甲、建设市政、设立镇公所及国民兵队等计划，并有具体的时间表。

　　话说"城寨复治"计划送呈到中国政府外交部后，碰了软钉子，外交部敷衍了几句"此案可相机逐步实施"之类，别无具体后招。难道真的派大军从广东省

九龙城寨旧影

攻港护寨？管住了城寨，又如何？若港英军队封城一个月，大家岂不全部饿死在里面？蒋介石的外交部绝非笨蛋，反正精神上的胜利亦是胜利，有便够了，中国人永远姓 Q。

但你无后招，他有后招。1947 年中，港英政府频频放话，公开表示有必要整治城寨的卫生安全，到了 11 月，工务局发出通告，要求住于城寨边缘的木屋居民尽快迁离，涉及约三千人。城寨居民马上成立"宝安县九龙城居民联合大会"，亲到广州请愿，中英两方再度交涉，却又再度胶着。城寨居民在龙津义学门外高挂青天白日满地红旗，并且扎营值夜，气氛肃杀。他们说，城寨民居不可拆，就算要拆，亦只能由广东省勒令迁拆，城寨主权在中国不在英国。

交涉拖到 1948 年 1 月初，英国佬终于动手，几十名警察强力由东面进入城寨，掩护工人清拆木屋，有居民奋力阻止，被捕了。而一波未平，一波又起，1 月 12 日清晨 7 时许，一百多名警察带工人再来拆屋，居民此番把抗争升级，男女老幼排人墙、扔石头，誓不退让。警察遂动用武力，发射催泪弹，对天空开枪，用警棍打人，冲突里，有六名居民受伤。

第二次强拆后，香港这边恢复平静，倒是内地那边起了风浪，报章社论连环炮轰中央政府软弱，发出"香港有事，粤省声援""武力收回港九""用中华男儿的鲜血来洗去百余年来的血债"之类呼声，并且成立"粤穗各界对九龙城外交后援会"，召集会议，组织游行。1 月 16 日，游行队伍在广州沙面包围英国总领事馆，群情失控，闯门、打人、纵火，连带领事馆旁的太古洋行、怡和洋行、渣打银行亦遭火劫，令六名英籍人士受伤。

事情闹大了，英方严厉谴责，蒋介石政权连忙把责任转推到中共头上，衍生出另一波的国共争拗，中英双方亦边吵边谈，双方一度同意部分城寨范围改建为"同盟公园"，纪念对日作战时牺牲的盟军将士；又考虑把城寨问题交海牙国际法庭仲裁。但过了不久，国民党政府全线崩溃，自身难保，无力再管城寨的烂摊子，1949 年 10 月之后，一些城寨居民升起了五星红旗，政权易手，城寨的尴尬地位却仍未解决，拖延到 60 年代、70 年代、80 年代；终于，90 年代，解决了，城拆寨迁，倒真有了公园，也留下可供一说再说的地方传奇。

女子的城寨

几乎每上映一出相关电影或播放一出相关电视剧，例必掀起一番城寨热潮，那座"黑暗之城"的前世今生再度受到怀缅、忆记、讨论、感慨。也许因为隔了几十年，隔了一段时间距离，总是"美感多"而"恶感少"，城寨里面的人情温暖被放大、复述、怀想，暖度遂被拉高了好几倍，反而现实情景中的残酷与悲哀，或被淡忘了，或被淡化了，或被套上一块朦胧的镜片，像杨凡摄影机里的定格，就算是悲哀，亦有悲哀的美感。

生命总是这么暧昧的不是吗？熬过来了，身上的伤疤好了，忘了彼时的痛，轻轻抚摸疤痕，上面有可供说了又说、半真半假的故事。

我在小说《鸳鸯六七四》里写及九龙城寨，花了许多时间读资料和做访问，受访的长辈当然有说寨子的好，但更愤愤不平的终究是城里的坏，尤其是年长的女性，活于其中，成长于彼处，往往是她们最希望从生命里抹走的痛苦记忆。

一个在城寨住了二十多年的妇人跟我饮茶，忆述当年生活，初时还讲出一堆 TVB 式的温暖台词，什么人情味浓厚，什么互相提携照顾之类，但说着说着，打开了心防，慢慢吐出真话，叹一口气道："如果有边个话城寨好，唔该叫佢入去住三日，保证佢吓到有气无埞哨，呢世人都唔肯再踏入半步。"[1]

她的经验是，大家都是来自五湖四海的穷人，固然有最起码的相濡以沫和相怜相惜，但这可遇不可求，更多的时候是相争相夺和相斗相残，使用力气，别让自己沦为弱肉强食链的最底一环，自己手里的有限资源别被其他人用最粗暴的方式抢走。不知何故，男人相斗之时，靠暴力靠权力便可摆平事件一段时间，寨里的许多女子则常被扭曲成心计多端，几乎无时无刻不在穷困里引起是非，任何芝麻绿豆的事情皆可促发

1　此句意为："如果有谁说城寨好，请叫他过去住三天，保证他吓到上气不接下气，这辈子都不肯再踏入半步。"

彼此之间的争拗。明明大家都是穷人，却又隐隐都知道谁更穷、谁最穷，然后排挤之、防范之、歧视之，唯恐被对方占了便宜。女人虾[1]女人，据受访的长辈说，是生活的日常。

至于另一种日常，是对身体安全的提心吊胆。从年幼到年长，从出外到归家，从如厕到更衣，无时无刻不感受到狼群眼睛的凝视。住户与住户之间毫无隐私可言的，所谓"握手楼"，可以轻易在不同的单位之间穿巡游走，这其实意味着，女子的身体极容易被不同的、猥亵的方式"穿巡游走"，遭受骚扰和侵害是寻常之事，往往敢怒不敢言，即使言了，亦无人出头；就算出了头，亦难有公道的结局。

在流行文化里，城寨形象的呈现是阳刚的、阳性的，但在这之旁之下，另有难以听闻的阴性哭声喊声在说着另一种苦痛故事，只不过，就算偶尔被得知，亦总被低调回应。

何时才有人拍出女子的九龙城寨？为文化计，为商业计，都请考虑。

1　粤语"虾"意为"欺负"。

辑二

街角掌风

且慢，我是黄飞鸿！

荣辱悲欢事勿追？

招牌上的历史

近年我城出现了一些小书店，仅是店名已有寓言，先前有家"一拳"，乍听还以为是武馆。

书店在深水埗区，区内向来武馆林立，上世纪四五十年代，内地许多武家南下，如王家卫《一代宗师》里说："把整个武林移到了香港。"多年以后，开枝散叶，至今仍然到处挂着武馆招牌，是非常独特的"都市风景"。洪拳、咏春、螳螂、太极……小小的招牌各自承载着历史悠久的拳脉，其师其宗，都有漂泊江湖的故事。我在大南街上见过一面高悬于二楼墙外的横列招牌，黑底白字，手写"父子"和"授男"，家传拳法，更是拳脉里有家脉，习武人家，拳风便是家风，在古代，可能是培养出"武状元"的家庭，有太多的沧桑可道。

印象最深刻的毕竟是小时候在湾仔见过的"黄飞

鸿国术社"。高高挂在闹市里，把滚滚红尘的记忆召唤回到清末民初。路经其下，不知道有多少人跟我一样，骤然堕入粤语长片的黑白天地，关德兴、石坚，仿佛就在楼上的不属于他们的香港楼房内，过招比武，替混沌世界争个正邪分明。

不，黄飞鸿仍是香港的。他徒弟林世荣来过，亦逝世于香港，湾仔蓝屋林镇显医馆的历史，大家耳熟能详了。林镇显先生之父林祖，是林世荣的亲侄，由"猪肉荣"带在身边并传授功夫，林世荣在广州因为睇场冲突闯了祸，杀了人，着草[1]来港，林祖跟在旁，一起在石水渠街的地库设馆。初时冇客人，两叔侄仍然在中上环跑山练气，这叫作"人穷志不穷"。

这段时间，据说黄飞鸿来过香港探望林世荣，还一起在湾仔码头旁边练拳。黄飞鸿还向他借钱呢。黄师父晚年嗜赌，推牌九，武艺一流却赌术九流，只好向徒弟伸手要，有一回，黄师父更强抢他挂在胸前的金链，两师徒在武馆里你追我逐，我想起那场面便忍不住想笑——黄师父擅长"无影脚"，猜想林世荣是

---

1 粤语"着草"意为"秘密潜逃"。

湾仔蓝屋林镇显医馆

跑不掉的。

黄飞鸿的第四任妻子是莫桂兰，但只称"妾"而不称"妻"，因为他先前的三位妻子皆年轻早亡，他认命，要回避一下克妻的忌讳。莫桂兰 30 年代迁居香港，挂起"黄飞鸿授妾莫桂兰精医跌打"的招牌授拳。而我想象，拟定招牌字句的时候，她曾否略为犹豫该否改"妾"为"妻"？

本来丈夫不在了，再无所谓克不克，争回一个堂皇的名分，也是替自己争回一口气，岂不应该？做人如习武，不就是图个争气？然而她最终仍然决定用"妾"。理由可能是，这既为黄飞鸿的初衷，死者为大，便该维持他的想法，改变了便是不尊重。她是他的人，他在生时是，他死了，依旧是，尊重他比任何事情都重要。跌打馆后来易名国术社，莫桂兰活到 1982 年。一代宗师之妻之妾，告别香港。

跟黄飞鸿老婆搭台饮茶

很久没在街头遇上惊喜了：竟然找到了《虎鹤双形拳》的复刻书。

是在克街和庄士敦道交界的陈湘记书局。六十年的老店也是小店，旺角通菜街有一家，湾仔这家猜想是主号，我小时候常来，长大后只在门外匆匆路经，这天下午，百无聊赖地在湾仔逛荡，行过该店瞄一眼橱窗，赫然看见一部橘红色的小书，大大的书法字印着"虎鹤双形"，几乎占据了一半封面，右边写"岭南拳术　林世荣遗技"，左下角写"朱愚斋重订"，如果这时候有人给我拍照，镜头里，我肯定目瞪口呆。

陈湘记店铺面积不大，近门处摆满文具，里面有两条窄道，分隔了五六道书墙，这样的书局在上世纪六七十年代一般称作"书方铺"，我不知道字源何在，只知道，它卖文具也卖书，如果加上珍珠奶茶或手冲咖啡，其实跟当下流行的书店没有太大差别。

不，"书方铺"卖的书类简单得多，来来去去都是实用性的，园艺、养生、命相、菜谱之类，对，还有功夫武术，那部《虎鹤双形拳》自是其一，初版于20年代，我买到的已是第N版了，仍跟今天的版本一样是橘色封面，多年以来被复刻了不知道多少次了。版权页写明2020年，表示仍有销路，书商不会愿意做亏本生意。

林世荣，大名鼎鼎的"猪肉荣"是也，他有个更大名鼎鼎的师父黄飞鸿，更不必多说。重订者朱愚斋是林之徒弟、黄之徒孙，曾用"我佛山人"笔名写《佛山赞先生》《黄飞鸿别传》等报上连载小说，被改编为广播剧，引爆了几百出黄飞鸿传奇电影。《虎鹤双形拳》一书是拳谱，一招一招，龙虎出现、指定中原、玄坛伏虎、猫儿洗面、穿桥归洞……共一百一十二式，每式皆有人像示范图和解说文字，朱愚斋之记录苦心足让师父师公点头微笑。

70年代初的香港曾经燃烧了几年功夫热，金庸小说是打底的基础，张彻的电影是推手，李小龙的拳脚更是加速器，全港曾有近五百间武馆，没空或没钱或没胆量的人如我，亦会常把拳谱买回家闭门自习。为什么无胆？因为武馆据说品流复杂，常有打架之事，亦为三合会招揽徒众的基地，为免麻烦，便不去了。那年头我买过不少拳谱，趁家中无人，赤裸上身，左展臂，右挥拳，马步开立，幻想自己是少林英雄以一敌百，打到汗流浃背才休息。有一回忘了形，听不见家人回来，被姐妹偷看到丑态，她们笑弯了腰，我却窘到无地自容。

我虽然没见过黄飞鸿、林世荣或朱愚斋，倒有可能曾经见过莫桂兰。莫桂兰于40年代在湾仔设馆授徒，活到1982年，常去龙门茶楼，而我亦常跟外婆去饮茶——谁肯定我们没有搭过台？

无影脚

近日出席了"黄飞鸿诞"的联欢晚宴，为的既是考察当代习武者的风范行止，亦是对武学宗师有以崇敬。我正在进行的长篇小说涉及武林题材，黄师父是其中的关键角色，为此，我读了许多掌故，自小又看过几十部黄飞鸿电影，更曾在陈湘记书局买过《虎鹤双形拳》之类拳谱自习，难免隐隐错觉自己亦是"系出黄门"。总算，这个晚上，有机会叩见早已不在的"师祖"。

晚宴在鲗鱼涌某酒楼举行，筵开数十席，进门看见主礼台旁竖着花牌，橙底黑字，最上方写"莫桂兰"，即黄飞鸿的第四位妻子。下方写"嫡传李灿窝"，即今夜之主人家，晚宴主催者正是"宝芝林李灿窝体育学会"。站在花牌前自拍，心里莫名感动，武林讲究传承，里面有强大的意志，向世间宣告，不管你们怎样，我依然坚持这样，稳似四平马，毋惧天地色变。

李灿窝师父是莫桂兰的谊子，从小在她身边习武练功。莫桂兰病逝于 1982 年，李师父今年八十四岁，如旧地精神饱满，站在台上致欢迎词，用眼神横扫一下全场，眼里仍有锋芒，是武家的锐气，不坠不散，亦即一般所说的功力底子。俗语说"力不打拳，拳不打功"，蛮力打不过拳招，拳招打不过功夫，师父教的就是功夫，而功夫，讲究的是分寸和火候，师父的体格或已老去，但因有时间的沉淀和积累，故理所当然地仍得徒子徒孙们的敬重。

近日有本书叫作《香江飞鸿》，网罗了极多关于黄师父的事迹材料。不仅谈他本人，亦谈及莫桂兰和李灿窝，以及所有跟黄飞鸿相关的电影和小说，爬梳了黄飞鸿在华人文化圈里的角色建构脉络。我对作者张彧笑道，此书简直是 the making of 黄飞鸿，足供写几十篇论文了。

第一出由关德兴主演的黄飞鸿电影现身于 1949 年，上映时出版了特刊，七十多年后的《香》书非常用心，随书附赠特刊的复刻版，像把读者带回当年。书内更展示了许多昔时的宣传海报和戏桥，大部分从新加坡、马来西亚和泰国等地取得。海报字句很有趣意，"只看本片一次，胜食夜粥十年！""打斗：搏命！谈情：攞命[1]！""看本片能用无影脚是你的聪明，看本片忽略无影脚是你的损失""黄飞鸿不但武艺超人，且精医绝症药到病除""全部硬桥硬马，全部真军演出"，甚至有部戏特别在海报上鸣谢某医师，强调拍摄过程有人溅血，幸得医师义务救命……硬销软销，双管齐下，黄飞鸿在电光幻化里，深入民心。

　　资料说，筹备电影之初，有人建议选用吴楚帆演黄飞鸿，但导演胡鹏嫌他不懂功夫，几番考量下，把角色给了关德兴。关德兴那时已是大老倌，演黄飞鸿令他红上加红。人生之转折，诡秘难解，奇异过黄师父的无影脚。

1　粤语"攞命"意为"要命"。

他的妻，莫桂兰

　　有片商筹拍莫桂兰的生平电影，我因为读过不少资料，有幸被邀请说了下意见，回家后，忍不住把她的故事写进我的小说里。小说主角之一是武师聂耀堂，纯属虚构人物，但其他角色有真有假。我是这样由聂耀堂带出莫桂兰，也带出我对莫桂兰的想象的。

　　话说，聂耀堂在 50 年代从广州到了香港，习武，拜师之地是湾仔石水渠街 72 号，林祖的跌打医馆。林祖是遗腹子，由亲叔林世荣照顾成人并尽传武功。林世荣是广东南海桂城人，清末广州的武家，因为曾在屠场宰猪，被大家喊唤"猪肉荣"。他练过多方拳艺，再拜入黄飞鸿门下，20 年代跟流氓争夺"乐善戏院"的顾场工作闯了祸，杀了人，仓皇南下走避，领着侄儿在中环石板街地窟设馆授徒。风波稍定后，他返乡居住，林祖留下教拳，十年后他再来香港，过了不久，死在香港。聂耀堂十六岁跟随林祖习武，征得师父同意，亦到告士打道向莫桂兰学五郎八卦棍和狮艺。

出嫁前，莫桂兰已从叔父手里学得莫家拳，之后又跟黄飞鸿学洪拳和刀棍，尤擅演舞南狮，个子矮小，武艺却远在许多男子之上。

黄飞鸿1925年逝世于广州，他的"宝芝林医馆"结业了，莫桂兰到广州"义勇堂"做教头，之后迁居香港，挂起"黄飞鸿授妾莫桂兰精医跌打"的招牌授拳。

聂耀堂偶尔向莫桂兰好奇探问黄飞鸿的长相，她只摇头苦笑道："很怪的，很怪的。"不往下说了。他问师父林祖，林祖道："见是见过，但我那时候年纪小，记不清楚了，只感觉他长得个子非常高，像座巨山，也像一只熊。"林祖费劲找出一份《真功夫》杂志，交给聂耀堂，他仔细翻读，原来莫桂兰曾在访谈里对记者说过："黄飞鸿生性怪异，寿星公头，有一副罗汉眉，眉长至低垂下，瓜子口面，耳大而长，身材肥壮，要穿三尺六寸长衫，行起路来表情淡定，两手总摆在后面。"

林祖倒听叔父林世荣谈过黄飞鸿生平诸事。他本名黄锡祥，出生于佛山，自小跟在父亲黄麒英身边跑江湖，卖武卖药，围观者无不喊其"神童"。十六岁那年，黄飞鸿独自到广州闯荡，凭拳脚打出了名堂，历练多年，在仁安街开设"宝芝林"医馆，门前挂有对联："宝剑出鞘，芝草成林"。他曾任广州水师总教领，也随刘永福的"福字军"驻守台湾，但三任妻子先后病故，得其武术真传的次子黄汉森又遭仇家暗杀，他心灰意冷，拒再授徒，在宝芝林门外墙上贴榜声明："武艺功夫，难以传授；千金不传，求师莫问。"

黄飞鸿有多套拿手绝活，虎鹤双形拳、工字伏虎拳、无影脚、五郎八卦棍、子母刀、断魂枪、虎尾鞭、飞铊……他更有"狮王"称号，双手举起纸扎的狮头，叱喝一声，纵身跃上高台，左摇右晃，咚锵咚锵咚咚锵，在锣鼓擂鸣里活脱脱是一头灵动威猛的岭南雄狮。莫桂兰和黄飞鸿是老夫少"妾"，年岁差了将近两代，好长好远的一道时间长廊，可是他一旦耍舞功夫，她看见的便是一个雄姿勃发的英雄少年，拳风脚浪，撼天动地，把她慑住、震住、深深吸引住，她觉得跟他好近好亲。至于黄飞鸿，每当看见莫桂兰耍刀舞棍，总忍不住感慨，黄家武艺本为父子传承，万料不到把这路拳脉接续下去的竟是一个比自己年轻四十五年的外姓女子，但他并非抱怨而是感激，他给了她功夫，她给了他青春，她让他重新活了一遍。

黄飞鸿活了七十七岁，可惜晚年嗜好赌博，荒废了武功，经常在赌馆推牌九，输得一干二净，三番五次向林世荣借钱还债，有一回，情急之下，出手硬抢徒弟挂在脖子上的金链，林世荣后退躲避，两师徒你追我逐，状甚狼狈。聂耀堂年少天真，把从林祖嘴里听来的故事向莫桂兰求证，莫桂兰却又只摇头道："不记得了，不记得了。"其实怎么可能忘记？前尘往事如烟如幻，似燃烧过的鞭炮，遍地红彤彤的纸屑，都是蒙了尘的妆奁，暗自珍惜便足够，他们随便说他们的黄飞鸿，她只愿意记住她的黄飞鸿，好的坏的，都是她的。

莫桂兰初来香港之时，三十岁出头，举目无亲，幸有几位黄飞鸿的徒弟帮忙，找到了落脚的房子，挂起医馆招牌，总算有了安顿。她身材玲珑，方圆脸，前来拜师的人所慕者乃黄飞鸿，第一眼见到她，心存狐疑，但她只要略演功夫，观者无不折服。既是真人不露相，难免常被欺负，可是莫桂兰天性乐观，化险为夷之后，反而更感得意。有一回她到湾仔街市买菜，路经 Pussy Cat 酒吧，大白天，有两个高大魁梧的英国水兵推门而出，色迷迷地对她全身打量，轻吹了两声口哨。莫桂兰低着头急步前行，其中一人竟然追赶过来，伸手碰触她的肩膊，她马上抓住对方的手掌虎口，一擒、一扭，洋水兵脸色发白，双膝一软，跪到地上。另一个洋人边惊呼"Holy Cow！"边冲前救助朋友，才刚挪动身子，她已朝他的下阴踢来一记"闪电脚"，洋人脸上五官登时扭作一团，同样咚声跪倒，只欠尚未口吐白沫。黄飞鸿擅使"无影脚"，他替莫桂兰的腿功取名"闪电脚"，夫唱妇随，武家有武家的风趣和情趣。

她对两个瘫软倒卧的洋人冷笑道："我莫桂兰是你能碰的吗？呸！死鬼佬！"围观者纷纷叫好，似在台前看戏。

在香港住下，莫桂兰的日常生活是教拳、练功、饮茶、打麻雀，亦常跟黄飞鸿"见面"，黄飞鸿也继续"照顾"她，用一种非常奇特的方式。

林世荣有个学生叫朱愚斋，在新闻纸上写连载小说，写了黄飞鸿的故事，电台竟然把故事改编为广播节目，又有个叫胡鹏的导演把故事搬上银幕，几年间拍了几十出黄飞鸿电影。开拍前，导演领着一群人去看望她，问东问西，她心里不舒坦，觉得似衙门提讯，于是敷衍道："哎哟，男人的事情，做女人怎么会知道？"

然而多多少少仍得说一些。她告诉他们，黄飞鸿嗜睡，每天下午在医馆后院的布床上睡两三个钟头，呼噜呼噜地打着鼻鼾，像打雷。有一回林世荣跑进来，吵醒了他，他蹬脚把徒弟踢个双脚朝天。他常自嘲是"豆腐教头"，功夫差，浪得虚名。他爱吃叉烧包，在茶楼饮完茶，还要买两三个带回家，嘴里说是给她吃，却明知道她没兴趣，于是都进了他的肚子。他好胜心强，白天舞狮采青稍有差池，晚上便愁眉不展，唉声叹气，像个闯祸回家的孩子，需要母亲抱揽抚慰……可是这些统统没有出现在电影里，银幕上的黄飞鸿只是个黑白分明的英雄，只在她的心中她的眼里，黄飞鸿才有血肉，可笑可恼，也可亲。

电影公司讲究礼数，送来了红包，而且不止一回，说是"顾问费"。她收下了，理直气壮，把红封包里面的钞票想象成丈夫对她的依恋与照顾。电影公司又送戏票，每回送六张，她把五张转送给徒弟，剩下的一张，独自去戏院专心缅怀黄飞鸿。几十出黄飞鸿电影几乎都由关德兴做男主角，长方脸，招风耳，没有半分她丈夫的真实影子。情节当然亦虚构得夸张，来来去去就是惩恶锄奸，好人必胜，坏人必败。但她仍然是高兴的，因为关德兴比黄飞鸿俊朗，电影亦完成了现实所无法践遂的侠义，所以她猜想黄飞鸿也会感到欣慰。每回看片，银幕上现身的徒弟角色都是她曾经朝夕相处的人，林世荣、梁宽、凌云楷、陆正刚、邓秀琼……虽然造型不太相像，但戏里他们互喊名字，似念咒般把她召引回广州"宝芝林"医馆，那热闹，那喧哗，那曾经以为不会消逝的安稳岁月，她仿佛再亲历一遍那已远去的青春年华，十九岁的她，廿九岁的她，那已被流离岁月层层叠叠地压到最底层的她，一回又一回地重现眼前。散场时，恍恍惚惚，灯光乍然亮起，她回到现实人间，孑然一身走在归家的路上，边走边默默暗念，飞鸿，飞鸿，我的飞鸿。

莫桂兰主持黄飞鸿国术社，除了教拳，也成立了醒狮队。狮艺分为南北两宗，南狮造型倾向雄浑，大鼻阔嘴，额前有独角，大锣大鼓里施展大手大脚地摆动。北狮的造像较为圆扁，狮头狮身皆有长毛，在京锣小鼓里动作小巧精灵。南狮又分门别类，佛山狮、鹤山狮、鸡公狮、九角狮、木狮、火狮、醒狮……狮子的颜色也各有喻意，黄狮是刘备之仁，红狮是关羽之义，黑狮是张飞之勇，武者的向往盼望都在里面了，分则旗帜鲜明，合则统整圆满，都是立身处世的宗旨。她带领狮队在公司行号、酒楼食肆的庆祝活动里献艺，取得的酬金，八成留下，其余的让徒弟摊分，这是行规。几乎所有武馆都有狮队，"好夫妻，明算账"，数目分明同样是师徒之间的应有之义。

莫桂兰曾在"孙兴社"的麻雀馆开张典礼上舞狮助庆，那时候她到了香港才四五年，日本鬼子尚未进城，可是空气里已有战争的紧张气氛。堂口老大是陆南才，大家喊他"南爷"，他跟她说了几句客气话，说会安排手下到她的武馆拜师。当日有国术社徒弟不小心撞倒了桌子，茶杯在地上跌个粉碎，堂口的二把手哨牙炳喊道："大吉利是！"南爷瞟他一眼，道："是鸠但啦！旧的不去，新的不来，明天再买便可。难道要像你的女人？旧的仲未走人，新的已经来了，新新旧旧搞出个大头佛！"

哨牙炳讪笑道："女人如银纸，多多益善嘛！"

莫桂兰觉得他们像两个斗嘴的男孩，乱世里，难得有如此相知相惜的童真。所以日后传来陆南才被炸个粉身碎骨的消息时，她马上想到的便是哨牙炳，他的悲恸，她想象得到。二十多年以后，湾仔的街坊都说哨牙炳失踪了，她再度想起麻雀馆里这一幕，好兄弟，好手足，先走后走都要走，不免又有一阵凄然，遂更庆幸黄飞鸿和徒弟们能够数十年不变地活在银幕上，尽管那不见得是真实的他们。

林祖的武馆也有醒狮队，聂耀堂有两个师父，所以要两边帮忙，但亦有两份酬劳。五年后，他存够了钱，从香港岛迁居深水埗，在荔枝角道上开设武馆，自立门户，正式出山。

荣辱悲欢事勿追

　　一直买不到的《香港武林》一书，是七八年前《明报周刊》和"中华国术总会"合作的报道结集，非常详尽的专辑，各路各派各门，武者志向风云，向读者揭示了我城的另一种阳刚面貌。书已断市，我手里只有其中几期杂志，幸好终于辗转从《明报周刊》前总编辑龙景昌手里取得，足够让我消磨几个居家抗疫的苦闷日夜。

　　功夫之书，我读过最动人的终究是《逝去的武林》。作者徐皓峰，口述者李仲轩，出版于八年前，记录一位老去武者亲历的武林见闻，就是沧桑不回头的人间传奇。

　　李仲轩出生于 1915 年，天津人，师承唐维禄、尚云祥、薛颠的形意拳，师祖是李存义，形意拳据说由岳飞所创，失传了，直到清初在一间破庙出土了半卷《武穆遗书》，始重现江湖。金庸《射雕英雄传》便曾谈及《武穆遗书》的来龙去脉，仿佛曾见真貌，尽显小说大师的想象力。

李存义出生于 1847 年，形意拳大师，亦擅刀，外号"单刀李"。八国联军来攻时，他是义和团手足，率众夜袭天津火车站，杀过日本人和俄国人，清朝议和后，他和弟子逃亡，隐匿多年才现身。李存义曾经创立中华武士会，是首个有规模的国术普及教育团体，他坚称形意拳是国术而非武术，因为，武术只为强身健体，国术则是保家卫国，有大志。

尚云祥是李存义的贴身弟子，如徐皓峰所说，"是给师父挡死的，李存义上战场、入巷战，均是尚云祥护在身后挡冷枪。挡死，也挡事。中华武士会开办之初，立了百日擂台，为服武行同道，为向市民宣传，尚云祥是擂主，铁打的营盘"。李仲轩向尚云祥拜师，尚云祥不收，"因为自己徒孙的年纪都比李仲轩大了，收他为徒，一门辈分就乱了"。最后破了例，要李仲轩发誓一生不收徒，辈分乱只乱一代一人，将来李过世，尚门的辈分便恢复正常。

李仲轩遵守诺言，一辈子不收徒弟，只在晚年写写文章在《武魂》发刊，忆述师门琐碎旧事，也谈武林旧规，引起很大的轰动。徐皓峰是他的家族晚辈，有机会深入访谈，再以文学之笔写成书，便是《逝去的武林》；徐皓峰之后再写《武人琴音》，记录形意门其他武者的当代经历，亦是历史与个人的纠缠之书，折射了习武者在时代变乱里，武术虽无可用，却能以"武德"和"武志"做生命的指南针，让自己活得更自在，更能熬过种种动乱难关，更可面对种种人世悲苦。或如李仲轩所说，"练形意拳是愈练愈有自己，有了自己，人就愈来愈强"。也如李存义曾言，"夫习拳艺者，对己丈十之七八，对人者，仅十之二三耳"。

　　荣辱悲欢事勿追。但往事追记起来，对读者启示殊多，毕竟有追的价值。

大侠与宗师

历史，在功夫里，呼啸生风。

一代棍王

某夜行经油麻地果栏，9点多了，摊档打烊了七七八八，剩下的几家店铺，倒是灯火通明，光线打在五颜六色的水果上，召唤起食欲。但我没买。或许是心理作用，总觉得夜晚的水果如其他食物，"新鲜度"稍缺，议价空间也较低，宁可留待白天再来慢慢挑选。倒是心血来潮想找找"大德栏"。

既名为果栏，许多店铺理所当然地以栏为名。以前大多是鸡鸭批发贩的集中地，其后变成鲜果的集散地，大德栏属于前身的店，鸡来鸭往，甚有人气，其中有位武侠名师叫作邓奕，人称"一代棍王"，听个名已够威威。

我最先从《明报周刊》前主编三三小姐的文章里读到这个名字。话说邓奕曾祖父叫作邓本，师从少林寺至善禅师，再传后人邓就、邓朴和邓算，邓奕是邓算跟继室冯氏所生的儿子，幼从父亲习武，家传永春（没写错，是永春，不是咏春）拳脚刀棍，他都学了。邓算是苦命人，在乡下因田地纠纷打死了人，亡命香港，授拳为生，地点在兰桂坊和安里九号后座。后来事情被摆平了，邓算回乡，却未几又被人翻旧账，只好再度来港，在戏院表演武艺，狼狈得很。幸好终于能够回乡，最后死在佛山。

至于邓奕，同样苦命，在佛山时，妻子被日本鬼子在街上欺凌，反抗时遭斫头毙命；三岁儿子则当场被拐走，不知所终，二十年后始被辗转寻回。邓奕觉得是因为父亲的手里有过人命，报应在儿孙的身上，武术不祥，所以邓奕于上世纪 40 年代末只身来港后，宁可去做裁缝亦不肯教功夫。无奈揾食艰难，人在屋檐下，不得不低头，终于答应在油麻地鸡鸭市场教拳，换吃换住换钱，而他授徒和居住的地点，就是大德栏。

大德栏应该已不运作了，但据说招牌仍在，我一直想去瞧瞧。那夜，在果栏里左转右逛，找不到，索性问其中一个店铺阿叔："大佬，请问大德栏响度[1]？"

---

1 粤语"响度"意为"在这儿"；表示动作等正在进行。

油麻地果栏

阿叔瞪起眼睛，用沙哑的声音反问："乜栏？"我以为他说的是粗口。

我再说清楚，他先"哦！"了一声，道："扰咗好耐啰！"[1]

好吧，我无奈继续独自逛荡，万料不到，歪打正着转进了一条巷道，朝右一看，见到一道铁闸，闸后不远处的墙上有面牌匾，正正刻着三个字：大德栏！

踏破铁鞋无觅处，几乎错觉是邓奕显灵，不负我这个有心人。

站在铁栅前，我想象邓奕当年在此舞动长棍，演示他最擅长的咏春六点半棍法，或有不少人前来围观，拍掌喝彩，不在话下。闻说叶问亦常来闲话家常，兴致来时，说不定两人会闭门切磋，咏春大师，一代棍王，拳来脚往之间，识英雄重英雄，然而会否也心知肚明，英雄都老了？

下回到了油麻地，去果栏看看吧。找找大德栏，想想棍王威风，别有怀古幽情。

1　此句意为："倒闭很久啦！"

酒馆里的比武

一直对薛颠这个名字很好奇，想替他写故事。薛——颠，仅是姓名已够铿锵有节奏，而且一个"颠"字几乎已足预告了其传奇一生，从晚清走到民国，再走到新中国，因拳脚而成名，因子弹而丧命，亦是历史的某个反讽侧影。

薛颠是河北人，少年习武，师父是形意拳宗师李存义，习得一身好武艺，被师父视为接班人。可惜他按捺不住硬脾气，只好走上一条曲折的道路，风云激荡，成就了一番事业，却又在时代的转折里，走向悲剧。

他的第一个起跌，跟比武有关。

那是上世纪 20 年代的事情了。他跟师兄傅剑秋讲手过招，被打败了，气得远走他方，失踪了整整十年。这场比武有不同的流传版本，有人说是在酒馆，有人说是在客栈，但结局一样，败的便是败了，"文无第一，武无第二"，输家就是输家，认了就是。

我较喜欢那个酒馆版本。两人本无过节，感情算是融洽，但两杯黄酒下肚，涨红了脸，聊着聊着有了武学争拗，便用拳头解决问题。据说是傅剑秋主动挑战，他是天津人，本名长荣，又名昌荣，习武后，嫌弃名字过于温柔敦厚，自改"剑秋"，武林味道十足。他是个人物，在天津设馆授徒，曾经打倒俄国大力士，又有日本武士带同徒弟摆设擂台，连败几名国术高手，最后被他击退。那天冲突，傅剑秋要求师弟即场较量，薛颠道："这里？地方狭窄，师兄，不合适吧？"

傅剑秋冷笑道："打你不用多大的地方！"

薛颠一拍桌子道："打便打！谁怕谁！"

两人拳来脚往，打了几个回合，不分上下，薛颠出了一招把傅剑秋逼到窗边，心里高兴，暗想必会得胜，因此大意了，傅剑秋突然使出形意拳的"回身掌"，薛颠闪躲，脚下被椅子一绊，整个人竟然仆到窗外路边，被看热闹的路人笑得颜面全失。他站起身，狠狠扔下一句："以后我找你！"从此人间蒸发，十年后，师父李存义去世，薛颠突然现身灵堂，耍了一套独特拳式，算是向师父谢恩还礼。

后来据薛颠自述，这套拳由其独创，他过去十年在五台山隐居，亦跟随"虚无上人灵空长老"习武，功力大进，已非昔时可比。回来后，他理所当然地要向傅剑秋报复酒馆内的一掌之仇，然而经由同门师叔苦劝，答应和解，条件是让他从傅剑秋手里接过天津国术馆馆长之位。

薛颠后来奉了道，在"一贯道"门下担任重要岗位，却仍不忘时常接济同门兄弟，非常仗义。1949年后，一贯道被定为邪教，关键人物，抓的抓，杀的杀。1953年，薛颠被指"拳霸"，五花大绑押上刑场，轰隆一声，子弹穿胸，多年武功跟随血液流出，流逝了，流走了，流光了。一代武者，拳头再硬，亦仍硬不过一颗子弹。

大侠与怪侠

王羽先生去矣，大侠告别人间，痛快一生画上句号。

在银幕上演大侠，王羽并非第一人，更不是最后一人，但其他大侠只是在银幕上出生入死，他却是在现实里亦常涉入暴力事件，展示了江湖意义的"侠"客，不一定合法，也不一定合义，但有汉子的气味，为其他纯粹演员的花拳绣腿所无法企及。

最轰动的是"天厨餐厅事件"，那年王羽还不到四十岁，跟四海帮因面子问题结仇，于餐厅宴会时，被埋伏的杀手砍了七刀，抢救保住了命。王羽乃竹联帮老大级人马，两帮于是事后互杀一番，对方有人被砍十四刀，据说是"双倍奉还"的江湖规矩。警方介入此事，双方出庭应讯，离场时，竟在法院内大打出手，扁钻横飞，视警力如无物，台湾传媒称这是"黑道治国"的恶质代表。

　　主使斫杀王大侠的人，是四海帮的刘伟民，此公早年混迹"龙虎凤帮"，后来成为四海帮大佬，身高一米八，双臂粗厚如铁，心狠手辣，让人闻风丧胆。他因天厨餐厅事件坐了两三年牢，出狱后，竟又受国民党主使，谋划到菲律宾杀人，只不过风声泄露，无功而返，辗转逃到日本，在新宿继续横行，终于在卅九岁那年被另一个台湾黑道分子枪杀。杀他的人名叫杨双伍，比他更辣，持枪行走江湖，遇佛杀佛，曾用霰弹枪重创警员，至于绑架撕票、抢劫行凶，更是屡做之勾当，最后在美国被捕，坐完十二年牢后返回台湾高雄，竟然摇身一变成为商人，从事演艺经理的生意，可见台湾之所谓法治云云，纯粹儿戏。

　　王羽出道早，拍了几年戏即遇上《独臂刀》的好戏，一战成名，奠下一辈子的大侠形象。演《独臂刀》时他虽相貌俊俏，却又于眼神里带着几分邪气，毕竟是江湖历练入了血，再努力演绎纯真，亦无意中流露了草莽实相。之后，一路演来，正派角色占了绝大多数，偶尔玩玩奸角，狰狞一笑，目露凶光，令人不寒而栗，那才是"本色演出"。王羽的眼神，有霸气，眼珠子朝镜头里一瞪，像打来两拳，你吃惊得想侧身闪开却又总闪避不及，而这特色，是一路堂皇正派到底的狄龙所无，各有各的魅力，王羽自成风格。他在银幕上下浑身是胆，在强调所谓"德艺双馨"的年代里，买少见少，已成绝响，不容易再有了；即使再有，亦必被踢爆、被封杀，时代已变，游戏规则很不一样，王羽应该庆幸"余生也早"。

相较于《独臂刀》王羽，我其实更爱十一年前的《武侠》王羽，那是陈可辛执导的电影，隐隐可见向前辈武侠片致敬的用心，尤其王羽在戏里的角色是大魔头，悲剧感十足，有把独臂刀形象翻转的味道。以独臂大侠扬名，以魔头怪侠息影，圆满收场，过瘾，过瘾。

五虎下江南

　　王羽成名作《独臂刀》由张彻导演。张彻在上海出生，在南京读书，到台湾时已经廿五岁，因为拍摄《阿里山风云》被蒋经国赏识，延揽为幕僚，到台湾当局防务部门做了小官，但终究重执导演筒，转到香港拍片，因缘际会，成为上世纪六七十年代的武侠功夫热潮的关键推手。

　　张彻拍红了王羽，也拍红了其他人，包括狄龙、姜大卫、傅声，另有一位陈观泰，硬桥硬马，功夫了得，拿手绝活是"大圣劈挂门"的拳和棍，他师父是陈秀中，陈秀中的师父是耿德海，正是"五虎下江南"里其中一位著名武家。

　　话说耿德海八岁在北京跟随镖师父亲耿荣贵习武，专练据说源自戚继光的劈挂拳，陕西武家寇四打架伤人，曾获耿荣贵协助逃亡，可惜终仍被捕，苦坐八年大牢。寇四在牢房观察窗外群猴嬉玩，日夜琢磨领悟，钻研了一套"五路猴拳"：企猴、石猴、迷猴、木猴、醉猴。各有攻杀姿态。出狱后，寇四往寻耿荣贵报恩，可惜耿荣贵早已身故，他乃把五路猴拳授予其子，耿德海将之跟劈挂拳融合，独创"大圣劈挂门"，大圣拳攻下三路，劈挂拳攻上三路，中间施展七十二把擒拿手，手手封喉夺命。

耿德海十七岁做了镖师，亦做过李鸿章哥哥李瀚章的私人保镖，凭真功夫行走江湖，若有所谓"武林中人"，他如假包换。袁世凯登基做皇帝时，北京天桥旁举行庆祝会，他公开表演猴拳，技惊四座，名声大振，一时间，北京街头巷尾的孩子无不搔首摸鼻模仿猴姿，仿佛齐天大圣的徒子徒孙皆从花果山下凡，冲入皇城捣蛋嬉戏。耿德海后来被军阀冯玉祥赏识，做了西北军的教头，冯玉祥败阵后，他到南京教拳，另有一番风光。

上世纪 20 年代，广东省政府主席李济深是武术迷，前往南京观看中央国术馆首届武术考试，大大开了眼界，不惜重金礼聘顾汝章、万籁声、耿德海、傅振嵩、王少周等几位名师南下筹建两广国术馆，促成了"五虎下江南"的头等武林大事。耿德海到了广州，住习惯了，乐不思蜀，刚好香港的精武体育会有教练岗位，便索性再往广州之南，由此长居我城，直至 1970 年病逝。

追溯起来，陈观泰是耿德海的再传弟子，即是徒孙，可惜如今已被逐出师门，陈观泰拍第一出那年耿德海已离世，之后在银幕上把大圣劈挂门的招式向世人展露，他更无缘得见。而就关注功夫的人来说，不曾有人替耿德海这样的走过大江大海的武家做口述历史，留下他的生平故事细节，才是最大的损失。叶问师父一生住在南方，耿德海却是南北直走、东西横行，用双眼和双拳见证了历史的沧桑变调。不知道他的后人在否？能找到任何文字记录？

历史，在功夫里，呼啸生风，只不过我们听不见。

盘肠大战

王羽以《独臂刀》成名，但在同年，1967年，他亦拍了《大刺客》，观众难忘戏里那场"盘肠大战"，指的是血腥武侠的经典示范，奠定了张彻导演的"暴力美学"风格。

《大刺客》取材自战国时代的聂政传说。聂政本是韩国人，中国的韩国，并非高丽的韩国，师父为奸人所害，他报仇后逃到齐国做猪肉佬。韩国大臣严仲子找他回去行刺宰相，聂政却说老母在堂，无法应命。待母亲逝后，聂政往找严仲子说现在可以帮忙了，于是谋划一番，终于杀了宰相，但聂政不欲连累家人，当场自挖双眼，自毁容颜，又剖开肚皮，掏出肠子。韩国官兵把聂政尸首拖到街头，谁能认出他，谁便可得奖金。聂政的姐姐竟然出头认尸，为的并非奖金而是不希望弟弟的英勇名声被埋没。她伏在尸身旁边，哭呀哭呀，哭了三天三夜，气绝而亡。

张彻把这段故事拍成电影，稍稍改动了行刺情节，让饰演聂政的王羽在打斗行动中被对手斫伤肚皮，像猪肉肠般的肠子流出来了，他却一咬牙，把肠子硬塞回去，构成了电影史上震撼的"盘肠大战"镜头。这一招，张导演在后来的其他作品里一再使用，像狄龙主演的《报仇》，肚开肠露，血浆喷满银幕，电影里还闪过狄龙在戏台上演出的《界牌关》折子段落，同样是肠流肝曝，悲壮凄美。

《界牌关》是中国古典戏曲的经典剧，说唐太宗西征，兵至界牌关，部将罗通出战，对手王伯超以枪刺向其腹，挖出了肠子，罗通忍痛打下去，终于得胜。这是武生戏，在不同的地方戏曲里被改编成不同版本，常被取名《盘肠战》，戏曲迷必不陌生。据贾磊磊的研究指出，张彻是首位把这段戏曲经典搬上银幕的导演，并且一用再用，从1967年的《大刺客》用到1975年的《洪拳小子》，只要有机会必让男主角肚裂肠断，在他镜头下的英雄壮士，往往不得好死。这是血肠美学，亦是"残体美学"，很有某些日本经典电影的SM味道。

　　王羽大红了二三十年，银幕下的他，江湖往事多，艳事也不少，而其生平涉及台湾几十年的社会变化，以及台港演艺圈的风云变幻。其实奈飞（Netflix）常拍纪录片，这便是大好题材，拍个十集八集绝对精彩。拍摄过程，不妨也带出邓光荣，大家早已知道他在香港的社团地位，靓仔龙头，或许是史上最有型的教父。或许，仅是邓光荣的故事已足独立改编成戏剧或纪录片，取名"最帅的黑手党和他的电影世界"（*The Most Handsome Mafia and His Movie-Land*），肯定噱头十足。另有一个有意思的记录人选：柯俊雄。他从台湾南部往北发展，演过不少浪子角色，也演过正气凛然的抗日将领，他跟王和邓一样有江湖背景，都是有故事的汉子。

　　不拍他们，可惜了，是全球观众的损失。

公屋里的宗师

　　曾经写及"大圣劈挂门"的耿德海，接获北美的传媒朋友电邮，提供相关资料。是同代人，生于香港，上世纪 80 年代赴台升学，看来亦像我一样，少年岁月曾对武术着迷，正如麦劲生在《止戈为武》书里所说，对 60 年代出生的男人来说，买拳谱回家自学，或到武馆付费习艺，是"共同回忆"，我们在成长阶段里总曾手舞足蹈，但非跳舞，而是在攻击想象中的敌人。

　　而真正的"敌人"，会不会是自己？

　　那年头尚不流行街舞，亦没有太多的体育场所，到海滩游下水，到球场踢踢球，勉强能够宣泄无穷精力。但问题是，既曰"无穷"，雄性荷尔蒙宣泄之后很快便又潮涨满溢，仿佛体内有只怪兽在躁动在狰狞在咆哮，总得找个方便法门排洪。那么，练功夫吧，一来让体力在左摇右摆、手挥脚踢的动作里消耗殆尽；

二来呢，再和平的武术亦必涉及"打斗想象"，进攻与防卫，常跟保家卫国之类英雄主义有关，能够满足少年人的浪漫精神。

所以武术是灵魂跟肉体对话，我们锻炼它们，掌控它们，我们找师父教拳，却又是自己的灵魂师父、肉体师父，费劲"打造"理想中的自己。

当然也有其他现实的习武理由，譬如防身自卫。50 到 70 年代的香港，流氓烂仔遍地，年轻人受了欺凌，第一个念头是学功夫报仇，又或以备路见不平时可以出手相助。所以，功夫热潮里，隐隐有着卑微的自保效用，却亦有宽宏的世道大志，而这两者，皆以时代的混乱为底色，武术代代皆有，但在乱世里，武术有着独特的价值和社会功能，并非"潮流"二字那么简单。可笑也可哀的是，一些学武的人忘了初心，以对抗烂仔始，却以变成烂仔终，撩是斗非，恃强凌弱，延伸了许多罪恶悲剧。

据港英政府于 60 年代末的统计，全港大概有五百家武馆，洋武馆却只有十多家，可见，社会统治权在英国人的手里，武林却仍是中国人的武林。自 20 年代以来，尤以 50 年代为甚，岭南的洪、刘、蔡、李、莫五大家，咏春，谭家三辗五形拳，达摩蝴蝶拳；北方的少林地螳门、迷踪罗汉门、鹰爪翻子、七星螳螂拳、峨嵋枪、六合刀、查拳、铁砂掌、自然门、八卦掌、太极拳、十二路潭腿，各路各派，无不有宗师亲来香港寄寓授徒，又或派遣徒弟前来开枝散叶。武馆集中在湾仔、北角、筲箕湾、油麻地、深水埗、荃湾等区，有些师父在唐楼天台挂起招牌便招徒练功。但师父表面风光，出门人人喊"师父、师父"，收入却颇微薄而且不稳定，其实是好苦、好苦。

叶问便是。他的收入只靠学费，经常够买香烟便不够饮茶。一代宗师住公屋，想来，可真有点煞风景。

行文及此，忍不住第 N 次重看王家卫《一代宗师》，愈看愈相信这样的看法：这出戏，关键字并非"宗师"而是"一代"。

世代轮替，江山代有才人出，宗师轮流做，并且可以不止一人。宗师不妨是个复数。然而一代人有一代人的志业，以及困限，由上世纪 30 至 60 年代，宗师们面对时代流变，旧社会高速崩坍，新社会却未确认，身怀技艺的武者如何重新定位自己、如何谋生养活自己，里面又如何涉及社会价值变迁，戏里在在皆有触及。王家卫呈现了一个高度虚构的叶问，却又同时反映了高度真实的世代困局，这是吊诡，唯有看到这吊诡，始能真正领悟电影镜头和情节之精妙。

不说抽象的道理了，怕闷。不如谈谈叶问的故事。

坊间网上已有许多真真假假的传说，我觉得关于"上海婆"的最可想象。上海婆是叶问于 50 年代中后期认识的女子，据一位徒弟忆述，叶师父在路上见到男人打女人，干涉了，男人离去后，女人便跟了他回家。我尝试加油添醋地写出个中细节。

话说叶师父某天在街头见到男人打女人，厉声劝阻，男人骂道："阿伯，关你屁事！"

叶问道："以大欺小，以强凌弱，男人大丈夫所不为，我看不过眼就是关我的事！"

对方有眼不识泰山，突然发难，用一记十字平拳向叶问脸上打去，来势汹汹，看得出来是北胜蔡李佛拳的门路，叶师父却只侧身施展小念头，右掌一摊、一伏、一推，男子右肩中招，应声连退十步。他不服气，揉一下肩，嘶吼一声再举拳冲前，但叶问不知何时已经闪步到他面前，右拳顶住男子腹前，盯住他的眼睛问："兄弟，到此为止，好不好？"男子愣住，脸色一阵红一阵白，慢慢垂低双拳，转脸狠瞪女子几眼，再扔下几句粗口，悻悻然离去。

女子这时候却凄凄惨惨地哭起来。叶问道："姑娘别怕，他走了，你不必挨打了。"

"他今天不打我，明天也会打啊！而且打得更厉害！"姑娘一把眼泪一把鼻涕地说，"你把我害惨了。你何必多管闲事！"

叶问道："这……这怎么办？"

女子擤一下鼻涕，道："看来只有一个法子。让我跟你回家，你功夫了得，他不敢再来找我麻烦。"

叶问从此和女子相好。路见不平要相助，结果是助了自己搵到个红颜知己。

这女子被叶问徒弟称为上海婆，据说抽鸦片，甚至诱惑叶问吸毒，沦为瘾君子，令他荒废了授拳，徒弟们不满，联名写信要求师父离开她。好个叶问，他当时住在其中一名徒弟家里，读完信，连夜收拾包袱走人，到李郑屋邨投靠上海婆，在百多尺的空间里重新招徒，李小龙就是在这时期开始跟他学咏春。

两代的缘分以公屋为始，自是另一种香港"土地问题"的不变特色。

何况你爸是叶问

如同对莫桂兰，我亦读过不少叶问的相关材料，也写下一些小说的想象笔记。这是其中几段，人物同样有真有假，且录于此，但要再次声明，这只是我以阅读材料为基础，添油加醋而写的故事而已，千万别当真。至于你如果问我，到底哪部分是真、哪部分是假，我会回答：请别懒惰，自己查核。

话说，叶问因缘际会结识了上海婆，相好了，渐渐疏于授徒，徒弟们不满意，写信给他抗议，迫他在他们和上海婆之间做出选择。叶问读信后，二话不说，提起箱子从徒弟家中搬出，迁到上海婆的李郑屋邨单位。有骨气。

上海婆住的地方只是一间一百二十英尺的斗室，她和叶问各睡一张帆布床，他们的三岁孩子叶少华睡在地上，没有家具，只有个小小的火水炉，另有两个皮箧塞在床下，以及两张薄毛毡，其中一张从徒弟手里借来，徒弟后来取走了，冬寒夜冻，少华冷得发烧了两天两夜。少华乳名"鼻涕虫"，两行鼻涕常挂嘴边，叶问取笑道："它们像我家咏春的两把八斩刀啊！"

　　跟上海婆同居后，许多徒弟不来了，叶问的学费收入少了九成，日子过得苦，幸好后来陆续来了新人，主要是巴士工会的司机，生计总算有了出路。叶问本来不喜授徒，佛山少爷不愁吃喝，习武是生活情趣，哪有耐性教学生？即便要教，也绝对不谈钱，谈钱俗气，侮辱了武术。叶问在佛山的首徒是周光耀，拜师时也只是跪拜、敬茶。周光耀在家里排行第六，叶问唤他"六仔"，他父亲周清泉在日本鬼子占领期间接济过叶问，所以当六仔说："问叔，教我咏春？"叶问答得爽快："你想学，我就教。"

　　有了开始，便有然后，渐渐有其他年轻人登门学艺，叶问略花时间点拨，看见眼前的他们便如见到昔日的自己，在咏春的摊膀伏招式里正心诚意，壮大其身其志，独对茫茫天地。所谓武林，所谓江湖，说到底仍然只是一个人的世界罢了。

　　叶问以授徒为生是 50 年代初的事情了。从佛山经澳门转赴香港，居于油麻地的小客栈，一天路上偶遇做庙公的刘永乐，对方知道他有经济困难，主动拉他到庙里暂住。叶问五年前曾经出任佛山刑侦队长，查汉奸，他暗中提醒跟日本鬼子合作过的朋友刘永乐，刘永乐马上南逃香港，落脚在深水埗的天后庙，由此种下今天的报恩缘分。老话说"与人为善"，其实从结局的角度看，话里的"人"也包括了自己，对其他人做的善功，往往会回报到自己的身上。

在庙里住下，叶问并未荒废练功，但只能在夜晚练，白天必须出外逛荡，免得妨碍善众上香。妻子张永成和两个儿子——叶准与叶正——仍在佛山，叶问打算自己安顿妥当才接他们过来，但如何安顿，他茫然无策。静悄无人的夜里，他抬头仰望案坛上的天后娘娘，以及观音、关公、包公、罗汉，四方八面的神佛也在看他，却皆默然不语，不曾给过半句启示。他唯有告诉自己，不说话便是说了话，忍耐吧，天无绝人之路，总能熬过艰辛。

廿六岁的叶准来香港陪伴父亲，无奈找不到合适的工作，住了两个月便回佛山了。这段日子里，父子俩每天早上搭船过海，在中上环漫无目的地走。走，走，不断走，走路就只是为了走路，用鞋底杀尽时间，太阳下山了，走回中环码头搭船回庙。登船后，叶问站在船栏旁边听浪观海，一抹抹的鲜辣霓虹倒映在海面奔窜翻腾，看在他眼里尽是刀光剑影，然而来势再汹涌，终究无法在水里留下半分痕迹。咏春如水，叶问低下头瞄一下自己的双手，嘴角泛起自得的笑意，身边的叶准年纪轻，不理解却也不敢探问。

叶问其实对香港不陌生，姐姐叶允媚嫁给此地富商庞伟廷之子庞玉书，叶问十七岁来港入读赤柱圣士提反书院，居于上环，毕业后到日本神户游历了一圈才回乡。他幼时跟随外号"找钱华"的陈华顺初习咏春，陈华顺病逝前，嘱咐大弟子吴仲素继续教他，别浪费了这块练武的好材料。叶问到了香港读书，偶然结识佛山武家"南海拳王"梁赞之子梁碧，讲手过招，对方轻施一记"漏手抱琶"便把他打倒窗边，木窗框松脱，嗑托一声砸得他额上瘀肿。他服气，拜梁碧为师，武艺于三四年间更上层楼。叶问日后常对徒弟说："当年'先生碧'怎样教我，我今天便怎样教你。"拳脉如血脉，所有传承皆以肉身完成，贯之以虔敬，容不下半点马虎。

此番重临旧地，姐姐和姐夫都不在了，景物依旧，叶问难免偶有感慨。在中上环一带行走，叶问经常对儿子指点周围的楼房和店铺，说某某东主、某某爵士、某某富商曾是他的中学同窗。叶准对父亲抱怨道："为什么不请他们帮忙找出路？"

叶问停住脚步，抬起右手掌轻拍一下脸颊，对儿子道："阿准，记住，人要脸，树要皮。其他人也许可以不顾颜面，可是，我们不是其他人。我们是学武之人。"顿一顿，又道："何况你爸是叶问。"叶准继续低头前行，心里嘀咕着，是啊，要面子便得饿肚子。

其实叶问并非从未想过敲门求助，但挣扎了一阵，到底开不了口。离乡别井，他手里什么都没有了，只剩下一身好武功，以及武功给他的尊严，他不可不惜代价守护。穷归穷，没关系的，咏春在，一切在。

每夜回到天后庙，洗过手脸，叶问立即到天井练功。立马，开马，坐马。小念头，标指，寻桥。重桥不相碰，弱桥对门冲，移身御敌力，力刹破门攻。碧先生留下的拳诀和招式在他的血液里流淌着，碧先生活在他身上。但他不只是碧先生。叶问确信武艺如人，要活下来，更要朝前走，一招一式皆容延伸变化，武艺如水，唯有活水是善水。

　　天井角落长着两棵银杏树，他在树与树之间踢练咏春八脚，横圈护绑，摊膝拍正，都说咏春用"三只手"打架，那第三只手，就是脚。但他不敢用劲，点到即止，脚面轻轻碰到树皮便停住，免得留下痕迹，不好对庙祝朋友交代。有一回忍不住冲动，一记回旋摊脚踢到树干上，"砰"一声，树摇叶飞，漫天黄澄澄的扇形细叶似无数的金箔呼呼坠落，几片叶子停在肩上，他侧起脖子，把脸凑近闭目闻索，一股沁凉的清香涌入鼻腔，顿时把他牵引回佛山，回到那比天后庙宽广十倍不止的叶家庄；院子里有两把椅子，一把坐着陈华顺，一把坐着吴仲素，心满意足地看他练武。他们同声叮咛："问仔，要好好练，把咏春武艺传承下去。"

　　"会的，师父。会的。"叶问在心里应答。

　　天井旁边是杂物房，他和儿子借居之地，晚上铺开帆布床睡觉，白天折叠收妥后出门行走，似是庙里的幽灵，见不得日光。叶问知道叶准和叶正皆不热衷武学，看来自己的拳艺需待有缘人现身领承，他愿意等，到那时候，他愿意给。

儿子离开香港以后，叶问如常每天搭船从深水埗到中环，在山路上行行走走，一天走到上环水坑口街，下阴突然感到火烧滚烫，腿和腰都疼痛，他弯身一瞧，两条裤管鲜血淋漓。原来是痔疮发作，似有一根火线沿着股沟上下噼里啪啦地烧开，最后烧到脑门，他眼前一黑便昏卧于武昌酒楼门前。路人召来警察，把叶问送往玛丽医院，做完痔疮割除手术，护士问他有什么家人，叶问说："不知道。"

护士又问他住什么地方，叶问又说："不知道。"

护士猜想他是麻醉未退，神志尚未清醒，其实叶问难以启齿自己寄居在天后庙里。护士从他的衣服口袋里翻出了小簿子，上面抄有几个电话号码，打了一轮，终于联络上李民前来帮忙办理出院手续。李民是叶问的佛山旧识，来港后在"港九饭店职工总会"担任秘书，他把叶问从医院接到工会的办公室。叶问苦笑道："我的拳头以一敌十，没想到一粒小小的痔疮已经把我打倒。看来，我的功夫好鬼水皮[1]。"

李民连忙安慰道："叶师父真是识讲笑。咏春拳

1　粤语"好鬼水皮"意为"非常差"。

光明磊落，防君子不防小人，你在明，痔疮在暗，只是防不胜防，一时不慎被偷袭。'明刀易挡，暗箭难防'，叶师父日后必须格外留神，小心屁股沟里的暗箭。"

叶问正抽着烟，被逗得呵呵大笑，冷不防呛得连咳数声。咳声里，有个浓眉方脸的高大汉子推门迈入，是职工会的理事长梁相，广东南海人，自小习练龙形拳和白眉拳，从西装袖管里伸露出来的两只手掌粗厚如石头。李民介绍叶问，梁相立时双手抱拳，朗声道："叶师父，久仰！久仰！"

坐下寒暄不到几句，话题转到武学上面，叶问在医院郁闷了几天，谈兴格外浓厚。梁相和李民不断请教，他忍不住站起示范了几招"来留去送、甩手直冲"的腰马运转功架，又多加解说，两人听得连连点头。忽然，梁相正色道："叶师父愿意赏脸到我们职工会开班授徒？不嫌弃的话，在我们的办公室屈就住下，这里是叶师父的家，也是叶师父的武馆。"

叶问皱眉点烟。

其实来港以前他有个想法，联络两位长辈，他们昔日跟他父亲合作茶叶买卖，积欠了若干货资，待到取回旧债，再做长远的营生打算。至于应该经营些什么，倒未想妥，因为他这辈子只懂咏春武艺，亦只爱咏春武艺，其余皆甚糊涂，唯有见一步，走一步。岂料人算不如天算，抵步后方知道其中一位长辈已经病逝，亲人当然不认账了，另一位则去了南洋，不会回来了。叶问孤身住在陋巷古庙，继而晕倒街头，不可谓不是落魄江湖，凄然戚然，这时候听见梁相的授拳之邀，难免起了心，动了念。

梁相见叶问抽烟无语，托词上卫生间，让他有时间好好考虑。李民忙着烧水沏茶。叶问捻熄了烟，起身挪步到骑楼窗边往下眺望。

窗外天色暗淡下来，职工总会的办公室在大南街，马路两旁的店铺先后唰唰地拉下闸门，然而街道不愁寂寞，陆续从四方八面走来了许多摊贩子，卖吃食、卖凉茶、卖衣鞋、卖玩具、卖杂货，熟门熟路地各据一方，驾轻就熟地用报纸和木箱布置好摊档。摊档旁边煌煌地点着酒精灯，一盏盏从街头接连到街尾，仿佛银河翻倾而众星坠落。叶问望见高高低低的人影在恍恍惚惚的灯光里缓慢移动，记起佛山叶家庄池塘里唧唧觅食的锦鲤，同样是在求生存、寻乐子。有个妇人蹲在地上，在衣服堆里翻了半天，终于抓起一件布裙，抬头跟摊主讨价还价，谈定了，轻快地站起，付过钱，把裙夹在腋下转身走远。摊主把钱塞进裤袋，袋里多了钞票，摊里少了货件，一买一卖，各自满足了需要。叶问脑海忽然有了领悟。货件是货件，功夫是功夫，货件被买走了便没有了，功夫却就算论价出卖亦不会被消磨半分，你能学懂多少是你的本事，可是功夫仍然留在师父身上，亦会流传到一代又一代的徒弟身上，像夜市的灯，一路延伸照明开去。这么一想，他心头顿然放松，仿佛放下了好些沉甸甸的担子。

梁相此时坐回办公室的藤椅上，道："叶师父，先喝茶，等阵我们下去大排档吃消夜。刚才谈到的事情，唔驶心急，可以慢慢考虑。"

叶问背靠着骑楼窗台，拱手道："梁先生，不必考虑了。承蒙错爱，叶某恭敬不如从命。可是有言在先，一不在门前挂招牌，二不在报上做广告。叶某教拳就只是教拳。"

李小龙的前后与左右

Be water, my friend.

悼李小龙

王羽逝世后，网媒刊了多张他跟李小龙的合照，上世纪 70 年代初，功夫双杰，有如一龙一虎在人间，展示了阳刚的动态和美态。岂料，龙倒下了，不到卅三岁，虎活下来，活到了八十岁。在某个国度相逢一笑，王羽或对李小龙侃侃畅谈半个世纪以来的江湖风云，不知道李小龙会否深深遗憾错过了那许多刺激。

又或者，是倒过来，王羽会对李小龙感慨道，太累了，人间不值得，反而是你在年轻高峰时两眼一闭，给世人留下最美好的印象和传奇，那才美妙？

对了，2023 年是李小龙逝世五十周年，若疫情已退，必有一番纪念展览之类。成立了几十年的李小龙影迷组织，虽然陆续加入新血，但骨干成员大多七老八十，也许其中一些人已经需要被人纪念了，例如昔日在香港电台工作的"肥施"施介强，他曾对李三脚如痴如醉，每回见到他，我都拍一下他的肥肚腩，笑道："减吓啦，龙哥唔钟意人咁肥，你咁嘅身材，做他的超级影迷，冇乜说服力喎。"[1]

李小龙逝世之夜，我知道消息，整个人吓得颤抖。太儿戏了吧？这么刚毅勇猛的一个肉体，竟然说什么倒下？连李小龙都这么"化学"，世上还有什么是坚实刚强的？这番震撼，令我做了一个晚上的"哲学家"，思考生命之种种。

丧礼在九龙殡仪馆举行。五十年后路经门外，狭窄的街道，很难想象当年挤得人山人海。那是七月廿五日，距离李小龙逝世才五天，在那时在这时都是极快的丧礼筹备速度。人多，事也多。有十几个在门外送别的影迷，不知道是因为太炎热抑或太激动，先后晕倒，救护车呜呜呜响往来送院，替丧礼气氛添了戏剧性的悲恸。又有人趁机博乱[2]，挤前贴紧女童的后身，甚至有人把女童强拉到楼梯间非礼。又有一个人报案，指在维多利亚公园发现一个可疑纸袋，贴

---

1 此句意为："减下啦，龙哥不喜欢人这么胖，你这种身材，做他的超级影迷，没有什么说服力呀。"

2 粤语"博乱"意为"浑水摸鱼"。

着"为李小龙报仇"的字句，担心是炸弹，警方到场搜索一番，找到了，里面却是垃圾，当天晚报标题是"傻佬放诈弹"，幽了他一默。

灵堂里，李小龙的洋妻子依照中国习俗披麻戴孝，社会名流和明星前来拜祭，儿子和女儿跪在她左右，跟她一起"家属谢礼"。琳达戴着黑眼镜，哭肿了眼睛，如果那时候有人对她预言，整整二十年后，你的儿子亦会离奇死亡，阳寿比李小龙更短，到那时候，再逢丧劫，她会哭得更伤心，不知道她会否相信。

灵堂墙上挂着挽幛，顾嘉辉写的是："两载相交，曾庆月灿星辉，尚武今后多能者；一朝永别，遽哭龙眠虎卧，知音从此少英雄。"胡枫写的是："记忆两小童年时，念起前程各奔驰。李振藩寻师练武，小号离港外当师。龙过江回声威猛，一片成名天下知。生来傲骨超凡俗，事迹永留后人思。"

失控的李小龙

2023 年是李小龙逝世五十周年，如果疫情许可，想必有人筹办展览或讲座活动之类，该赞美的仍须赞美，值得肯定的仍要肯定，可是，不知道会否有个部分向世人说说李小龙的"错误示范"。

主要是指他的坏脾气，以及，由之而来的失去分寸，忘记了"知所进退"的寻常道理。

李小龙尚名为李振藩的时候，已是个"坏孩子"，既有见义勇为的侠客精神，却又常撩是斗非，以打架为乐，以打胜为荣，闯下不少乱子。他之所以临急临忙被父亲送去美国读书，正因在街头惹了麻烦，黑道白道都找他算账，也许，这是"因祸得福"，有机会在异邦开拓了眼界，但他并未汲取教训，从异邦回到故地，从寂寂无名到名满天下，依旧狂躁易怒，用武力威吓所有令他不悦的人。

譬如说他曾拔刀指向《唐山大兄》导演罗维，惊动了警察，也许警察亦是李小龙迷，左右劝和，这边厢建议罗维大事化小，那边厢叫李小龙写封道歉信，纠纷遂被摆平。又如他曾在电视镜头面前瞠目怒骂主持人，甚至出手推撞，当肾上腺素爆发的时候，李小龙六亲不认，无法自控情绪。

这两年有个耳熟能详的名句："Be water, my friend."，这是他挂在嘴边的口头禅，他相信如水软弱无比却又最是坚硬，做人做事，必须借助水的智慧，硬碰硬，只会两败俱伤。他又说，"以无形为有形，以无限为有限""仅仅懂得道理是不够的，必须应用""灵魂像肌肉一样，需要锻炼"，可是他对狂暴脾气却毫无自制能力，既掌控不了灵魂，更把肌肉锻炼过度，终于耗损而亡。

李小龙当然也有善于掌控的时刻。例如他有深度近视，所以特地苦练咏春的黐手和寸劲，方便近距离甚至闭目进攻。他有扁平足，站立不稳，所以跳来跃去是截拳道的关键元素。他下体有一边是"隐睾"，缩进去了，按常理是不容易生儿育女，他却有办法让洋妻子生了一子一女。他汲汲于把自己打造成钢铁，

岂料，打造过度，在大红大紫之际让自己由钢铁变成
猝逝于女人床上的废铁，虽然成为不朽传奇，却亦留
下了半个世纪的遗憾。

如果李小龙健在，已经八十多了，是否仍会易
怒？抑或会变成另一个王羽，慈眉善目，满脸父爱，
最关注的是美食养生，以及把时间精力放在对抗一场
又一场的疾病挑战？老去的武家，眼神通常有一种暧
昧的慈祥，像叶问宗师，一袭长衫，眼睛里仿佛仍然
住着一位佛山少爷，一辈子最关注的只是武术，纯正、
含蓄，却又似仍有火种在微微燃着，随时有适当的风
吹过来，火苗噼里爆响，他把长衫一撩，跃起踢出一
脚，江湖从此再有风暴。

世事无如果，如同世上再无李小龙。但他留下的
失控教训，倒仍值得领悟。

文青李小龙

　　路经九龙公园附近，见到李小龙铜像威武矗立，忍不住想，如果他不以功夫成名，想必是个相当好的作家。佩服了，他的拳脚；可惜了，他的笔墨。

　　李小龙有过文青时代，写诗、写散文，但大多数时候是写武术析论，却又在文字间渗透哲理思考，其实亦是另一形式的散文。他主要用英文，他死后，有人整理出版，部分有中文翻译，其中有许多动人的绵绵情话："回忆是唯一不会驱逐我们的天堂。欢乐是枯萎的花朵，回忆却是持续存留的芳香。回忆比眼前的真实更为持久；我保存了许多年的花朵，可惜皆未能结果。"

　　他又曾在旅途中写信给妻子，写诗："说了很多，却无法道出／心底最确切的感觉／离别会非常漫长／但你只须记住／我会永远牵挂着你。"铁汉柔情皆在其中。

　　读过不少李小龙传说，写的都主要是事和言，由此带出他的内心世界。我倒对他的自我认同状况最感兴趣。譬如说，在一本传记里有这样的一段往事，引起我的注意。话说李小龙在美国一边读书，一边设馆授拳，经常于晚餐后带徒弟们和女朋友到唐人街看电影。日本的、华语的，刀剑片、武侠片。电影播出以前，功夫迷李小龙利用短短的空档时间，坐在椅位上，用双臂将整个人支撑起来做锻炼。有一回，戏院播放的是《人海孤鸿》，男主角正是李小龙，他在这戏以前已经拍过不少电影，其中以《细路祥》最出名，但《人海孤鸿》却是令他大红的电影，拍摄时他已经不是童星而是近廿岁的小鲜肉。该片叫好叫座，无论对他或华语电影来说皆意义非凡。但原来李小龙对徒弟和女朋友皆未曾提过昔日演戏的威风史。

　　以李小龙的开朗性格来说，对友人忆述往事是正常事，反而，不谈不说则是一个必须刻意为之的动作。他到底在"隐瞒"什么呢？在回避什么？在"遗忘"什么？除了坚持功夫，他跟昔日的演戏史似乎有了认同上的断裂，不愿多提多论。甚至近日流出的一段越洋电话访问录音，1972年底的，洋记者问他是否童年时代已经演戏，他也只轻轻笑道，都是一些无甚足道的跑龙套，一语带过。

　　如此低调回应，是否因为往昔有过不悦或不屑的经验，唯李小龙自明。我倒不禁想象，他非常尊敬父亲李海泉，但李海泉是"丑生王"，以在舞台上逗人发笑为生，所以，有没有可能，李小龙特别看重的反而是男人的"阳刚"面向，是想向父亲和世界证明自己存在意义的"逆反认同"？

　　李小龙的爷爷李震彪，外号"哑仔彪"，少年学武，打擂台成名，做了镖师。从父系源流上看，李小龙也许有着"隔代认同"，回归到祖辈的武学天地。

　　猝逝四十九年，其实我们对李小龙的了解，仍有许多谜洞。

邹文怀车大炮

半世纪多以前，李小龙昏迷于女明星家里床上，继而在医院被宣告死亡，留下了漫长的哀思与想象。生是传奇，死是神秘，人间走过李小龙，恍似冥冥中有人预写了剧本，里面有个男主角，光芒万丈地现身于漆黑的原野上，用拳脚，用吼声，慑住了所有人的眼光，但正当大家犹在目眩神驰，他却突然消失，夜空回复黑暗，大家呆住了，而这一呆，便是半个世纪。

7月份有不同的展览悼念李小龙。沙田的官办博物馆有，深水埗的私人"大南天梯"有，连远在加拿大的温哥华也有。"大南天梯"是个很有趣的展览场地，在大南街上，在"一拳书馆"旁，有一道长长的楼梯，要拾级而上，如果梁朝伟和张曼玉在梯间相遇，又是另一段王家卫式暧昧的开始。

闻说该场地由几位中佬[1]夹钱[2]租用，空间不大，几面墙，只可挂上二十多张画，但足够了，因为纯粹供老友们轮流策划展览，功夫漫画展、港片海报展、模型车照片展之类，都是他们的心头好和好收藏，从箱底翻出来让同道中人分享。其中一位中佬，曾是或仍是"李小龙会"的会长，近日常在"文隽 讲呢啲讲嗰啲"[3]的油管频道里做客席主持，该频道由口水多过浪花的文隽先生领航，细述华语影坛花边内幕，他日转录成文字出书，自是极宝贵的电影史，亦是大银幕以外的大功德。

李小龙暴毙翌日，所有新闻报道都没提及他在女明星家里昏迷，反而明示或暗示他是从家中被送往医院，直到两三天后有小报追踪查探，始踢爆事发地点是笔架山道六十七号碧华园 A3 号二楼；女主人是丁佩，不是他的妻子琳达。琳达其后在回忆录里写道："邹文怀对我说，与其说李小龙死于丁佩家中，不如说是死在自己家里更为合适。我说，这对我并不重要，

1　粤语"中佬"意为"中年大叔"。
2　粤语"夹钱"意为"凑钱"。
3　此句意为"文隽 讲这些 讲那些"。

如果这已是他所能想到的最好的主意。我们都明白，小龙和丁佩的名字被放大后刊登在报纸头条，将是一件多么引人关注的事情。我没有太在意，我也管不了那么多，这些都不重要了，我还要照顾我的孩子们，还要安排葬礼。尽管邹文怀没有直接宣称李小龙死在家中，但他确实在发言里暗示了这点。所以当真相大白后，大家都说他在撒谎。结果，大量谣言突然开始扩散……"

邹文怀是做大事的电影企业家，但在此事上，判断非常失准。李小龙暴毙，何等离奇，肯定要经历死因裁判和法医鉴定的官方程序，怎么可能隐瞒住昏迷场所之细节？普通明星的八卦花边，在那个年代，或许能够买通报社的记者编辑把新闻压住，然而，那是李小龙啊，压不住的，愈是去压，愈惹疑心，很难不构成极严重的"公关灾难"。邹老板失算矣。

关于李小龙的死因，多年来一直有人抽水[1]猜度，其中亦有合理之处。改天再谈吧。

---

1 粤语"抽水"意为"抽成、占便宜"。

死于不幸

五十多年前的 7 月 20 日，李小龙被推进伊利沙伯医院的 ICU，时为晚上 11 点 24 分，医生虽然发现他已无生命迹象，但仍尽力抢救，六分钟之后，正式宣告病人死亡。小龙归天，人间再无细风。

李小龙昏迷在丁佩家中，丁佩向邹文怀求助，邹文怀召来朱博怀医生，并对他说，两个月前，李小龙曾经癫痫发作，晕倒过，几乎丧命。朱医生检查病人后，决定打电话叫救护车，抵达医院时，李小龙妻子已在等待，勉强算是见了丈夫最后一面。

对于李小龙的暴毙原因，坊间一直有不同的说法，却又都有成立的可能性。最主流的说法是，李小龙追求完美，练功过度，伤了身体，死神由是说来就来，在你最脆弱的时刻——例如床上欢愉之后——攞了你命。

李小龙的大师兄黄淳梁于 7 月 21 日接受媒体访问，指称"李小龙在半年前由美国买来一部练武机器，体积如录音机，练武时绑在腰间，加电压后可产生静电，通过人的大脑，控制肌肉收缩或扩张。这机器对人的体力消耗很大，用两三分钟即相当于平常剧烈运动四十分钟"。难怪嘉禾公司当时的宣传部经理杜惠东感慨道："后期李小龙的肌肉非常漂亮，力度非常好，但显然是太强迫自己练，以至失去了和谐……李小龙既弄西药，又弄这种机器，他的死亡也就成为不意外的事情了。"

所谓西药，指的是各种维生素和类固醇。大侠王羽说过，李小龙一天吃二三十粒维生素，多年不辍。杜惠东则把二三十粒的数字往前推上"一百多粒"，指"他的身体很棒，身上一点脂肪也没有，吃的可能就是后来体育界的禁药类固醇。当时类固醇是刚刚发明的新药，他吃的分量就不合标准了，因为当时大家对于这种药还处于摸索阶段"。

这些当然纯属猜度。李小龙死后四十五天，荃湾裁判法院召开死因研讯，开庭数回，传唤了多位专家和证人，查考一番，得出的结论是四个字：死于不幸。

据研讯资料显示，李小龙脑部水肿，亦在肠胃间检验出大麻，但未发现酒精或吗啡；至于邹文怀、琳达、丁佩的供词细节，互有矛盾。

医学专家们认为，丁佩当天曾让李小龙吃一种名为"Equagesic"的止痛药，含有阿司匹林，它跟李小龙曾经服用的其他背伤止痛药混合后，有了副作用，导致脑水肿；李小龙当天又抽了大麻，又喝过姜汁啤酒，胃内像打翻了五味架，极容易出事。然而多年以后，有美国法医重新检视验尸报告，认为李小龙主要死于随时可以发生的"癫痫猝死症"，跟长期工作过劳有关，却跟当天吃了什么不太有直接关系。

无论如何，人已远逝，只留传奇，7月25日，李小龙丧礼于九龙殡仪馆举行，灵堂挂上挽联：魂散凄清齐奠万钱空入梦；鸾轮缥缈灵前洒泪赋招魂。

其实错过了李小龙

李安筹拍的《李小龙》不知道进度如何了。

最初也许考虑顺应李小龙逝世五十周年隆重上映，但显然来不及了，李安向来慢工出细活，一慢再慢，电影能在五十五周年来临以前现身已经不错。倒是BBC手快脚快地拍了段短片，访问了几名龙迷和"李小龙会"会长，回顾李三脚对于功夫热潮和华人形象的深远影响，布鲁斯李在挥拳踢腿时发出的叱喝怒号，仿佛仍在尖沙咀星光大道的铜像四周缭绕不去，远比风声劲。

这两年，特府强调要向世界"说好香港故事"；其实李小龙的故事便是极动听的香港故事，特府不懂或不愿好好利用这"资源"，可惜了。

李小龙出生于美国旧金山，却在香港成长，在香港由《细路祥》的童星做到《人海孤鸿》的叛逆少年，更在香港学武，在香港闯祸，漫漫遥遥的十多年，他蜕变成另一个人，我城也蜕变成另一个城市，仅是这段成长岁月已可带出无数的变幻故事。

然后呢，他去美国，读书、教拳、拍戏，开始有了名气，却又屡受打压，常遭挫败，终于回流香港，抓住了机会扬名立万，继而在国际上打响名堂，这条兜兜转转的成功路，包含了时代的机遇和个人的奋斗，有洋有华，有中有西，是多种能量的碰撞结果，里面有彻头彻尾的"香港气味"和时代精神，之于我城，极有代表性。当然，若从"政治正确"的角度看，里面又有太多的逆向种族歧视、狂热爱国情绪、雄性父权主义之类，非常要不得，但若能刺激大家思考讨论，仍然值得去谈去说，除非特府最不希望见到的正是市民动脑思考，否则，用李小龙来说香港故事，多元、立体，有启示有反思，是极佳的讨论模板。

至于李小龙之死，同样可由不同角度出发检视。医学健康的角度、工作生活平衡的角度、文化传承的角度，皆有可说之处，而且不闷，充满传奇，如果拍成奈飞上的纪录片，足以说完一集又一集。

如果特府负责推动"说好香港故事"的官员有足

够的敏感度，理该一早跟奈飞或其他国际平台合作，
投钱筹拍最新版本的李小龙传奇。明白的，这颇有风
险，洋人不一定会听你支笛，并非你想他点拍就点拍，
你唔准他讲乜他就唔讲乜。[1]那么，最安全的方式是
自己找人拍了，自编自导然后找人演，把风险系数降
至最低，务求用英语或其他外语呈现李小龙的传奇生
命，通过各路平台扩大点击率和浏览量，依凭李三脚
的昔日威名，收视反应总不至于太差。

　　李小龙死得太突然了，这些年来，虽然陆续出现
关于他的新材料，但其实尚有许多遗珠，譬如说，他
的授业师兄黄淳梁亦是传奇，却似乎被人谈得不够多，
更未有相关的传记影视作品。黄淳梁是叶问的重要弟
子，叶问曾赠他"咏春正宗"匾额，且让我有机会再
好好细述其人。

1　此句意为"洋人不一定会听你那套，并非你想他怎么拍就怎么拍，你
　不准他讲什么他就不讲什么"。

李小龙周边

　　一直好奇，为什么华语影视作品在拍李小龙之余，没有认真开拓"李小龙周边"的相关题材，跟李小龙有过合作的人，本身就有许多精彩故事，不拍，太可惜了。

　　譬如说，李小龙的大师兄，黄淳梁。

　　黄晓明在《叶问2》里饰演叶问的徒弟，角色原型就是黄淳梁，而他的生平已足拍成一部电影或电视剧。黄淳梁出生于1935年的香港，个子矮小，在学校常被霸凌，于是学武自卫，一学便着迷至不可自拔，从太极拳到西洋拳，无所不学，似想把天下功夫尽藏于身。他气焰嚣张，渴望做"世一"也觉得自己是"世一"，到处踢馆，挑衅各路师父跟他过招，而且深信愿打便该服输，全力拼搏，打人不必留手，被打到鼻青脸肿亦怪不得对手。

　　黄淳梁踢馆，惯用激将法，激到对手无法回避不战，而又于打斗时方寸大乱。例如有一回他挑战一位老教头，对方不屑地说："后生仔，你毛都未出齐，识乜嘢功夫？先回去跟你师父习武十年，再来揾阿叔吧！"黄淳梁笑道："我确实唔识功夫。我只识一拳一拳打你块面、一掌一掌打你个嘴，咁就够了！"老教头怒不可遏，冲前出招，结果却被他踢倒于地。

　　又有一回，另一位师父在出招前喝道："睇吓你挨得老子几掌！"[1]黄淳梁回道："一掌都唔使挨！我今天来这里，是要打你，唔系要挨你的掌！"结果又是他打赢，胜者为王，输者再无话可说。

　　黄淳梁十八岁向叶问拜师，同样始于踢馆。他先是挑战叶问的徒弟，打倒了一个，再挑战另一名徒弟，又打倒了。叶问终于亲自出手，不到十招，已把黄淳梁逼到墙角，而他其实有许多招都可以实实净净地打到黄淳梁的脸上和身上，但他点到即止，不欲伤人。最后，叶问望住黄淳梁的眼睛说："试招？年轻人，试够未？"

1　此句意为："看你挨得老子几掌！"

　　黄淳梁写个服字，叩头拜师，叶问看出他是人才，毫不保留地教，到了晚年，更赠他"咏春正宗"匾额，等于认可他是门派功夫的继承者。

　　年轻时的黄淳梁，跟叶问习武，却仍经常偷偷踢馆，在江湖上得了"讲手王"的称号。终于有一回，踢馆踢出祸，他把一位上了年纪的武家击倒于地，武家挣扎站起，他竟然再挥一拳，对手哗然惨叫，抬手掩住右眼，鲜血从指缝间汩汩流出，治疗后失去一目；黄淳梁无比愧疚，决定从此专注于练功，不求比试。

　　李小龙初向叶问习武，许多时候都由黄淳梁负责点拨，黄淳梁等于他的半个师父。李小龙猝逝那年，黄淳梁三十八岁，早已设馆授徒，在香港和内地皆培养了无数门生。他活到六十二岁，打麻将时一连吃了几铺大胡，太兴奋了，心脏负荷不了，一命呜呼。

　　武林高手丧命于竹战 1 的四方城内，真有文学气味，亦是香港好故事，岂能不拍。

1　竹战，香港人对打麻将的一种称呼。

因为他是我师父

写了叶问的小说，理所当然地也会写李小龙。这又是小说笔记的其中几段，关乎李小龙向叶问拜师，关乎李小龙向叶问道别，再说，真真假假，你自己喜欢相信便相信什么了。反正我是这么想象的。

李小龙出生在美国旧金山唐人街的东华医院，按中国人的老规矩，他在呱呱坠地的那一刻已经是龙。那是 1940 年，庚辰年，十二生肖里属龙。那是 11 月 27 日早上 7 点 12 分，辰时，地支对应亦是龙。然而他的姓名跟龙扯不上半点关系，他叫作李振藩，英文名字是 Bruce。

他父亲李海泉是戏班名伶，前一年底跟随"大舞台剧团"到美国巡回演出，募款抗日救国和接济难民，妻子何爱瑜同行，路途上怀孕了，留在西岸待产。何爱瑜本想替刚诞下的儿子取名炫金，华人惯称"旧金山"，她期望他在这个城市炫耀威风。李海泉皱眉想了想，嫌"金"字太俗气，决定叫儿子作"震藩"，声震旧金山。但有亲戚说："不太好吧？他祖父的名字是李震彪，孙子避讳一下，比较妥当。"于是改"震"为"振"，同样有沉重的力量。

然而李振藩只是书面上的姓名，美国移民局文件上的，香港学校证件上的。平时，家人唤他作"源鑫"，这是族名；或者叫他作"细凤"，这是乳名。他有姐姐李秋源和李秋凤，哥哥李忠琛，八年后有弟弟李振辉。本来另外有个哥哥，可惜夭折了，祖母确信他是被"金甲神"吸走了魂魄，所以李家男孩从此在六岁以前都要穿女装和打耳洞，也要取个女性化的乳名，瞒骗鬼神保命。女儿则无所谓了，金甲神不见得不会伤害女婴，只不过伤害了亦不要紧。

细凤十一岁正式成为大家所熟知的李小龙。他出生不到六个月便跟随双亲回到香港，居于旺角茂林街五号二楼。因为有不少长辈是演员和导演，他常有机会到片场客串童星，用过李鑫、李敏、李龙、新李海泉、小李海泉等艺名参与了六七出戏，到了拍摄《人之初》，戏份比较重，负责宣传工作的袁步云认真地替他重新取名，李小龙，从此定下来了。见龙在田，飞龙在天，亢龙有悔，直到最后神龙首尾皆不见，他在短暂生命里翻天倒海都用这个名字，他爱这个名字，世界也都记得这个名字。

在电影厂和学校里，李小龙都是令人头痛的孩子，师长和同学给他取了"猩猩王"的诨号，他奔来逐去，仿佛身体稍微静止便会爆炸，皮肤会发麻。他的眼耳口鼻似长在手上、腿上。连脑袋也长在拳脚上面，唯有在手舞足蹈的时候才可以思考，才可以向世界宣达他的喜怒哀乐。有长辈教小龙太极拳，也有长辈教他洪拳，希望消耗他喷泉般的体力，岂料他更亢奋了，知道世上有一种东西叫作"功夫"，能够让手上腿上的每个动作有了名目，自己由此也有了名堂。他不再是戏里这个那个的假扮角色，也不是父亲的儿子、老师的学生、同学的同学。在功夫的一拳一掌一脚里，他纯粹是他，结结实实地呼吸着、活着。

李小龙渴望对世界证明自己呼吸着、活着，所以，他喜欢打架。在课室里跟同学打，在街头上跟烂仔打，无论赢输都痛快。李小龙有一回肿着眼睛回家，姑姑坐在八仙桌前磕核桃，准备晚上煮糖水，瞥他一眼，掩嘴笑道：“细凤，又打架了？哎哟，你跟爷爷一模一样，成日动手动脚，也只懂得动手动脚。”小龙顿时竖起眉毛，眼睛里满是好奇。不待追问，姑姑边用小帚子把核桃壳扫拨到桌底的小木桶里，边对他说从母亲嘴里听回来的父亲旧事，说说停停，声调抑扬顿挫似唱粤曲。她婚前在戏班唱旦角，婚后赋闲在家，无儿无女，日子过得千篇一律，唯在婉婉说事的时候能够感受到生命的活力，因为眼前有人，有听众。

姑姑说爷爷李震彪是广东顺德江尾人，幼时生病发烧，烧坏了喉咙，无法多说话，乡里的人都叫他作“哑仔彪”。他习武，寡言多练，练出一身好武艺，在擂台上打出了名堂，到佛山做镖师，养活一家老少八九口。乡间传说他曾在林间路上遭遇盗匪，同伴们逃的逃、伤的伤，剩下他以一敌十，身中多刀却仍用一根长棍击退敌人。岭南一带的山贼都知道他，都怕他，给他取了个外号：震山虎。多年以后，震山虎告老还乡，儿子李满船长大了，到广州学戏，艺名李海泉，成为粤剧伶坛的“丑生王”。李海泉衣锦还乡的时候，李震彪已经有几分老昏癫，向他伸手索钱，说：“老子要去闯荡江湖！”李海泉嗤笑拒绝，父亲竟然对他动粗，他无奈掏钱。李震彪出门几天后，突然回到家里，不言不语，身上的钱当然踪影全无，手上背上亦有多处棍棒伤痕，无人得知到底发生何事。过了一阵子，李震彪一睡不醒，手心里却仍攥着两个锻炼腕力的小铁球。

姑姑用手指戳一下小龙的前额，笑道："也许你就是爷爷的投胎托生，他要你代替他完成打天下的未了心愿。"

小龙不禁打个寒战，想道："真的吗？如果我是爷爷的转世，我还是不是我？我是自己在活着，抑或只是替爷爷重回人间，再活一回？"心底冒起一阵热，又想道："爷爷要闯荡的是什么样的江湖呢？震山虎有没有把武功带到我的身上？爷爷以一敌十，我呢？我的拳头能够打败多少人？"姑姑的一句戏言让十三岁的细凤思潮澎湃，自觉像读过的武侠连环画里的少年侠士，发现了身世的天大秘密，站在悬崖边缘，不知该何去何从，头顶有一只巨大的鹏鸟在盘旋鸣叫。

迷惘间，大门咔嚓一声，父亲回家了，手里提着沉甸甸的戏服袋子。小龙连忙跑回房间，旋即又溜到姑姑的房间里，取走墙上挂着的一张爷爷的照片，折返房内，盘腿坐在地板上认真端详，越看越觉得爷孙长相酷似。眉毛、眼睛、翘薄的唇，尤其前突的尖下巴，仿佛刺向世界，永远不服气，永远想令世界服气于他。隔壁房间传来父亲的咳咯痰声，小龙眉头皱了一下。他尊敬父亲，也感受到父亲对他的护爱，但他不愿意跟父亲一样终身站在舞台上以逗人发笑为生，不管能够赚多少钱，他都不要。他不稀罕"尊"和"敬"，他要的是"畏"和"惧"。小龙觉得爷爷的力量已经灌注到他身体里，他立足在这世界上，世界立足在他的拳头上，拳头放下了便是世界毁灭。

小龙站起身，走到镜子面前，凝视镜里的自己，渴望身体快些长大，快些，再快些。他把双拳抬到眼前，恨不得生命像一出电影，可以被剪接，可以有特技，眨一眨眼睛，拳头马上变大、变硬，他在茫茫草原上，抡动双拳，跃起踢脚，刮起一阵摧枯拉朽的呼啸风声，草木皆倒。生命是常人的生命，但年少的他已经立定志向，誓把生命活得比电影精彩。

拜叶问为师那年，李小龙十五岁。是在油麻地利达街拜的师。叶问最初在港九饭店职工总会教咏春，夜晚到骑楼铺开帆布床，倒头便睡。后来换了几个教拳的地方，上环的职工总会分部、中环的士丹利街、深水埗的海坛街、汝州街的三太子庙，别人看他是漂泊江湖，他却怡然自得，只因仍能跟咏春不离不弃。

年轻的李小龙已经演过十多部电影，是有名气的演员了，却仍压制不了青春叛逆，经常在学校和街头打架，又跟几个朋友拉团结伴，号称"龙城八虎"，他是老大，外号"小霸王"。他听说咏春能于方寸内发劲，适合有深度近视的他进行短距离攻击，于是到利达街拜见叶问。见面当天，叶问嘱他露露身手，李小龙抬一抬鼻梁上的太阳镜，霍霍地打出两三记十字冲拳，再往木人桩上横踢几脚，收势立定，满脸的趾高气扬。他知道叶问功夫厉害，却确信明天的自己会比叶问厉害，所以没把任何人放在眼内。叶问心里有数了，是个人才，但见他受限于天生的扁平足，步姿飘浮不稳，忍不住暗叹可惜。以相论相，小龙的福寿易受折损。

叶问问李小龙："明天可以开始学？"

李小龙反问叶问："今天可以开始教？"

叶问抬头望向比他个子高了一截的李小龙，笑道："你想今天学，但师父只想明天教。"

在叶问心里，武馆的七八十人绝大多数只是"学生"，缴的钱是学费，他收下了，认真地教，他们认真地学，各尽其责，谁也不亏欠谁。另有五六人较具学武的天分，被他视为"徒弟"，他们交到他手上的钱是孝敬，双方同样是认真地教拳和学拳，但他对他们的功夫上心，关切他们的本领进境，又常相约到北河酒楼饮夜茶和听粤曲，在深水埗散步和遛鸟，顺便对他们说说武林的故人旧事。小龙拜师没多久，叶问已经确信他是这两类以外。叶问赞叹他的潜能和意志，他亦让叶问看见他的拼劲和付出，每天到武馆操拳六七个小时，从未喊过半声疲累。学生们把咏春看成强身健体的运动，徒弟们把功夫看成拳脚技能的修习，李小龙却把武艺视为生命里的头等大事，在打出的一招一式里灌注了满满的大志。叶问从他身上窥见武林前辈们对于武艺的执着，他的艺名是小龙，却渴望成为武林的大龙，唯一的龙。

　　1959 年 4 月 29 日，李小龙带着父亲给的一百元美金，孤身搭乘"威尔逊总统号"邮轮前赴美国，目的地——旧金山，他的出生地；这一天，距离他十九岁生日尚余二百一十二天。出走的决定是仓促的。小龙到处撩架讲手，招惹了妒忌，又得罪了黑帮烂仔，四方八面都在找他的麻烦。警察局的朋友对李海泉透露风声，小龙打伤了一名富商的儿子，富商妻子报了案，警察随时会上门抓人。李海泉和何爱瑜盘算一阵，决定安排儿子赴美读书。对其他年轻人来说这是值得高兴的放洋留学，但之于小龙，却是狼狈的亡命天涯。

李小龙非常沮丧，甚至考虑过违抗父母，然而临近出发，心底反而隐隐泛起亢奋。他想道："亡命天涯也就是闯荡江湖啊，这不正是爷爷的心愿？这也是我的心愿。香港江湖太窄太浅了。所以，并非香港把我赶走，只不过是我不屑被困。我是龙，龙游浅滩，我不甘心。外面的世界等着我，我来了，我要兴风作浪，世界将会对我畏惧。"

出发前的十多天，亲戚朋友分别宴请饯行，一顿饭连一顿饭，但小龙觉得最要命的不是吃撑了肚皮而是必须配合他们的情绪，强装依依不舍。每回散了席，他独自走路归家，沿途不断挥拳击向挂在电灯柱上的捕鼠箱和楼房门外的信箱，木的、铁的，砰砰、砰砰、砰砰，仿佛向世界做出最响亮的警号。我要来了，我要来了，Bruce Lee 要来了，你们准备好了吗？

师兄弟也替小龙饯行，在赴美前的晚上，虽然都暗暗庆幸他要离开，但是却要夸张地表现出不舍。他们一直不满李小龙把咏春打得不似咏春，更憎嫌他气焰嚣张，自视为武林第一高手。到了曲终人散，叶问叫李小龙陪他返回李郑屋邨，他嘱咐上海婆带孩子到楼下公园玩耍，留下师徒两人，站在木桩旁边，一招一式地重温他曾教导小龙的咏春拳脚。对练了几轮黐手，小龙突然使出比平常试招更大的力气，用膀手压低叶问的手掌，再向上挥拳，眼看快要打到师父的脸，叶问却不慌不忙地弯腰，横推一掌，掌背抵住他的腰。两人对望一眼，小龙低头歉愧道："唔好意思，问公，我并不是故意偷袭。"叶问微微一笑，道："点解[1]要唔好意思? 你打不到师父啊!"小龙是认真的惭愧，想不通自己为何没有收住力度。跟师父过手，偷袭是最大的冒犯，他自问无心，至少，自以为是无心。叶问并不见怪。习武者当然应该渴望打败师父，正所谓"青出于蓝"，懂得这么想、敢于这么想，才算得有上进的志向。"蓝"永远是"青"的假想敌。只不过，徒弟是师父教出来的徒弟，即使徒弟赢了，师父也并未算输。

两人坐下拭汗，喝过热茶，叶问对小龙说："走，

---

1 粤语"点解"意为"为什么"。

陪师父散散步。"

两人从李郑屋邨缓缓走到大南街，再走到深水埗码头，马路一片漆黑，路边骑楼下，暗影幢幢，企街妹在兜揽生意，笑声浪语阵阵飘来，不绝于耳，像海面拂过来的风，有咸涩的味道。叶问跟小龙开玩笑道："到了花旗，别忙着跟鬼婆胡混，糟蹋了一身武功。"

小龙调皮地说："学了咏春，不用在鬼婆身上，太可惜了吧？为国争光啊。"叶问作势挥掌打他的后脑勺，啐道："阿飞！"小龙闪身避开，纵声大笑着走在他的前头，忽然，回身道："问公，有件事情我很好奇，但一直不敢问。"

叶问睃他一眼，好奇他的好奇。小龙立定脚步，问的竟然是："问公为什么钟意上海婆？"

叶问愣了一下，背剪着手，低头前行，边走边自言自语地说："她钟意睇我打功夫。我钟意她钟意睇我打功夫。"男人需要一双仰望的眼睛，女人的，必须是女人的。如果只有男人的眼睛，并不是不好，只是不够。

小龙似懂非懂地"嗯"了一声，急步追上师父的步伐，叶问却又停下来，转身问他："你为什么钟意打功夫？"

这问题难不倒小龙，他从习武当天开始已经有了答案，天地为证，他知道打出每一拳、踢出每一脚的理由。所以小龙笃定地说："功夫让我感觉到自己的坚强。我是个强者，我钟意做个强者。"顿一顿，他反问："问公呢？为什么钟意打功夫？"

叶问耸肩道："跟你相反。咏春让我学懂了柔软，如风，如水。风无形，水无状，可是无坚不摧。"

两人并肩慢慢走过几条街，小龙对叶问说了抵达美国后的许多盘算。入读中学，课余打工赚钱，寻找武馆练功，待到机会来临，开设自己的武馆。叶问沉默听着，突然，迅雷不及掩耳地侧身轻挥一掌，不偏不倚地拍在小龙胸前。小龙"呀"了一声，不解地望着师父。叶问笑道："师父一直想去花旗走一走，可是，老了，走不动。刚才的一掌代表师父。小龙，你把咏春带过去，让鬼佬开开眼界。"

小龙默然无语。明早登船离港，万水千山，他虽具雄心壮志，心底始终忐忑，不清楚鬼佬的江湖是个怎样的江湖，但师父今夜这么一说，他顿时有了撑持，多了几分底气。他要把咏春带去美国，然后，不只把咏春带回香港。感怀之际，叶问忽然道："对了，耍两招

你从邵汉生那边学到的'节拳'俾师父睇睇。"邵汉生
是片厂里的武打演员，教过李小龙几招节拳。既然师
父有命，李小龙照办，对着空气打出两记连环中拳。叶
问颔首笑了，勾一下手指，示意小龙朝他正面进攻。他
遵命打出第三拳，不知何故，叶问竟然不闪不避！他硬
生生地收住拳头，叶问却踏前半步，主动让左肩吃了
拳头，"嘭"一声，虽然力度不大，但打中了就是打中了。

　　小龙大吃一惊，急道："问公，没事吧？"

　　叶问摆一摆手，道："冇事，师父挨得起。咏春
是宝贝，但咏春有咏春的局限，你就把这一拳看成是
打败了师父，也替咏春打开了局面。去到花旗，放胆
走自己的路、过自己的桥。"

　　小龙领受叶问的好意，心头一热，但抿嘴忍住了
泪水。男儿不哭，他要用钢铁般的拳头奔向世界。他
替叶问揉了揉肩膀，跟师父相视一笑，然后陪伴叶问
回到李郑屋邨。门前道别之际，他向叶问提了最后一
个问题："问公，武林里，你最佩服谁？"

　　"还会有谁？"叶问哼了一声，道，"当然是我师父。"

　　小龙道："理由呢？"

　　"就因为他是我师父。"

百年，
想起金庸

他本人就像一个武林，
分饰不同角色，
兼擅各式拳路，
那副国字脸的背后，
满载着暧昧的流动魅力。

金庸的武林

　　2024 年是金庸先生的百岁冥诞，以其笔下人物为主题的雕塑展热闹登场，也有大雕，集体重现了武侠江湖的奇幻想象，里面有人间现实的折射和折腾。在无与伦比的多部著作里，金庸仿佛一再提醒大家，不管你如何卓绝如何超脱，毕竟仍然活在历史的茫茫背景里，你的挣扎与取舍，你的情欲和挫败，都离不开时代的局限。

　　没错，你可以选择，可以牺牲，但并不表示必能如愿。因为时代由许许多多的个人组成，你的选择遇上别人的选择，层层相加或相减，得出的往往是意料以外的结果，而每个人的成败亦极不相同。所以，说到底，"尽其在我"便是了，江湖独行，侠士侠女面对的是世界，但真正成全的只能是自己。

　　金庸用行动替这领悟做出了示范。他编剧，他创作，他办报，他做他所能做和所愿做的事，用数十年的天才和心血，创造了"金庸"这个 IP。当金庸论政，你有权不同意他的观点，但不太容易否定他的真诚，他基于个人对世情的判断而立论、而鼓吹、而推动，知他也好，罪他也罢，他仍然照做，尽管他仍会难过——譬如说，《明报》的编辑记者曾经挺身公开反对他，抗议他，他在其后的访问里说，他很伤心。

也许正因明白不管是谁都会受到时代局限，金庸才会提出保守的民主方案。他的看法是否正确，会不会是对方明明可以给五元，他却只敢索取两元，至今仍然值得辩论。也许"高度现实主义"和"高度理想主义"一样，皆属虚妄，根本没有早已写定的答案，所有可能的答案皆属人为，问题是必须有足够的人朝着同一条路径前行，如果脚步紊乱，如果足迹稀少，自然不成其路。金庸企图通过他的媒体力量和江湖地位把众人推向他的判断目标，却欠缺足够的说服论证，也冒犯了社会的集体情绪，结果犯了众怒，如同他的笔下角色，风云色变的方向，绝非一个人所能决定；江湖如人间，永远有个叫作"共业"的东西在运作。

金庸其后售出《明报》，据说跟其"伤心"不无关系。但报社易主之后，所谓少侠搞出了一堆烂事，败走柴湾，他的感受相信必已非"伤心"所足形容。他当初亦是基于审慎判断而做此商业决定，但判断归判断，报社新主有自己的"业"，此业加彼业，共构了后来的结局。

纸页上的金庸，书桌前的金庸，报社里的金庸，权力圈内的金庸，多面睇金庸，足让众人睇到几十年甚至几百年。

他本人就像一个武林，分饰不同角色，兼擅各式拳路，那副国字脸的背后，满载着暧昧的流动魅力。难怪观赏雕塑展的时候，仿佛见到他巨大的身影浮在半空，俯视群生，暗笑你们都不懂我。

金庸是"第三者"

　　金庸先生百岁冥诞，掀动了网上二手书拍卖热潮，各种版本的金庸小说，本来已是有价有市，现下更被追捧，20 世纪 60 年代初版的著作无不以五位数字成交，较新的版本也涨价了至少 30%。金迷们的热情高涨难挡。怪不得曾有人说，你无法只读一部金庸。

　　意思是说，读了第一部，便必被深深吸引，立即想读第二部；然后是第三部，然后是第四部……直到读完为止。由是成为"金迷"或"金粉"，就算不是如痴如狂，脑海里亦从此住着他笔下的各路武侠英雄和坏蛋，摆脱不了他们，而他们就是金庸的化身，跟你不离不弃，莫失莫忘。

　　"你无法只读一部金庸"的另一层意思是，你无法满足于只读一个特定的金庸小说版本。这么多年来，他把著作修订再修订，一旦做了"金粉"，你必很想探究不同版本里的情节差异，不一定是为了判别修订得好或坏，只不过为了想象金庸在修订背后的心理状态，想了解他为什么如此取舍。钱锺书说过，读书如吃鸡蛋，好吃便够了，无谓费神去看母鸡到底长什么样子。这可不一定。有些书，你被深深感动过，很难不渴望多知道关于作者的一切，长相与人品，言谈与神态，从而加深读后的乐趣。你不只想看母鸡的长相模样，更想感受母鸡的喜怒哀乐，占有母鸡所曾触碰的一切。此之所以，作家的故居可以参观，旧物可以拍卖，签名著作更是辗转于各藏家之手，至于相关的生平秘密更是出土再出土、考证再考证，永不嫌多。"金庸产业"如今只是初兴，自此之后，必更兴旺繁荣。

我手里有一堆初版金庸小说，好几回了，心想不如卖掉算了，换些钞票，多去旅行，比把它们留在书房里更实惠。

然而实在舍不得，把书从架上拿下来，翻几翻，又放回去。一次两次三次，皆如此，因为翻页时看见的不只是密密麻麻的文字而更是自己的影像，彼时从湾仔哪家书店买回小说，如何窝缩在床上追读，怎样跟同学辩论金庸笔下的人物正邪……一幅幅的历史画面浮现眼前，那是我的记忆宝藏，而此刻握在手里的厚实书本正是记忆的物质见证，等于在时光废墟里留下的"遗址"，把它们让出，等于割弃了部分的自我，岂不伤感？

于是又把小说放回书架上。尘封就尘封吧，断舍离，说时容易做时难，我明白这是"我执"，但我甘而为之；或者倒过来说，一旦为之，心里不安，宁可在"我执"里快乐自在。

三十多年前买过一套硬皮典藏"远流版"金庸小说，赴美读书时借放在好朋友家里，其后失联，人找不着了，书当然也没了。这是这辈子最令我心疼的书债，我是债主，那位好朋友在我的记忆中变成坏朋友——金庸竟然成为我的友情关系里的"第三者"，自是我的荣幸了。

可怜的雕兄

下起毛毛雨，金庸笔下人物的道具展品像闹出一幕戏谑剧：杨过和小龙女的神雕被善心保护，但保护的方式是用一张透明的胶布从头罩到落脚，大雕被完全覆盖，胶布被雨水淋湿，黏黏答答地紧贴着雕塑，可怜雕兄被牢牢压住，若是生物，恐必窒息。

难怪有好心的网民贴照留言，幽默地问："雕兄你见点[1]呀？"笑得我。

善心归善心，用这样的方式来保护展品，说好听是"权宜"，说难听是"求其"[2]，粗糙得让人哭笑不得。即使出主意的人是保安或保安主管，展览现场总有更高层的可以做主的决策者和监督者，品管之责

---

1 意为"感觉怎样"。
2 意为"随便，马虎"。

总是要负的，否则对不起观众事小，对不起金庸事大。我懒得追看新闻后续，说不定如此作为跟主办方无关而只是参观者的突发好意，但这可能性不高，谁会临时找得到透明大胶布？即使找到，谁能动手？不怕被面目狰狞的保安主管厉声斥赶？

　　见到网图，我倒联想到《射雕英雄传》和《神雕侠侣》的特殊意义。台湾作家杨照在近著《曾经江湖》里点破了这两部作品对金庸的特殊意义。金庸在上世纪 70 年代修订《神雕侠侣》，在后记里说："《神雕侠侣》企图通过杨过这个角色，抒写世间礼法习俗对人心灵和行为的拘束……我们今日认为天经地义的许许多多规矩习俗，数百年后是不是也大有可能被人认为毫无意义呢？"

　　金庸一边创作，一边反思世俗礼教与至情人性之间的关系，开始颠覆他在《射雕》里塑造的"为国为民，侠之大者"的英雄情结。《射雕》已经成功塑造了各式各样的独特人物，但金庸并不满足，用杨照的话说便是，他"不断地突破自我，十分明白群雄争斗这些情节可以吸引读者，但这些并非现实而是虚构，也就容易被人遗忘；而那些与真实人生相应的人性和哲理，在戏剧性的描绘下反而更深入人心"。于是，金庸舍弃了纯粹以江湖恩怨为主轴的叙事，形成以人物性格推动故事情节的写作模式，到了《神雕侠侣》，更进一步发展"人物性格的可能性"。如同金庸自述：

> 道德规范、行为准则、风俗习惯等等社会的行为模式，经常随着时代而改变，然而人的性格和感情，变动却十分缓慢。三千年前《诗经》中的欢悦、哀伤、怀念、悲苦，与今日人们的感情仍是并无重大分别。我个人始终觉得，在小说中，人的性格和感情，比社会意义具有更大的重要性。

我忍不住想象，如果有人续写金庸作品，或可考虑从神雕的角度俯瞰群生，可能更易看清楚江湖武林里的各种贪嗔痴。神雕有正义感，却又超然"人"外；他自由，却甘愿替同样正义之侠冒险甚至受伤；他不懂人间的男女情事，却又被男女之情打动……用他的身份替小说续个章节，必可看见人心更幽微的暗处。雕兄，撑着，风雨同路，你其实也是个 IP 呢。

金庸的三种读法

A. 黄碧云的读法

原来整整三十年前黄碧云谈过金庸作品。咳，应该说是骂，不是谈。

她论《书剑恩仇录》，说："陈家洛悲壮的'牺牲'儿女情亦是庸俗的'男儿''英雄'感性。也因为这段恋情的陈腔滥调，加上才子的文章，恋情使大众很安心，成为佳话。因为现实从来没有这样简单。"她又说："《书剑》亦暴露了作者／读者的'大汉'心态，整体故事的前提是'反清复明'，'汉'是'忠'的，而'满'是奸的。这种忠奸分明的种族观，不过是幼稚狂热的狭隘爱国主义。"她再说："《书剑》亦是封建伦理观的拥护者，君臣之义，父母之恩，手足之情，全然受到推崇……我无法明白小说人物及观众竟可以接受这样的人生秩序……金庸小说鼓吹的封建意识，重视传统对个人的压迫。"

她说这点她说那点，黄碧云是如此的不悦与不爽。

我不知道黄碧云其后有无改变想法，只记得当时阅后打从心底冒起连串问号：真的吗？真的如此简单便可打动一代又一代的华文读者？《书剑》的故事，以至金庸作品的其他故事，真的可用如此忠奸分明的逻辑分析到底、一棒打尽？当金庸写满汉和君臣和父母和手足和男女，真的想说的就是这些？而就算作者本来想说这些，读到读者眼里，真的只会跟随作者之愿而拍掌叫好？抑或，读者另有"阅读快感"之源，并正跟黄碧云眼中所见的彻底颠倒？

至少我是这样的。

B. 我的读法

在我的遥远经验里，读金庸，最有趣味的在于他用丰富的人物和曲折的情节，加上用中文写中文（而非唐突的欧化语句），把我带进各式各样的"两难困局"里面对严峻的抉择。满汉也好，君臣也罢，父母手足男女亦是，"和谐"从来不易，常有冲突，以大传统、大道统、大道德之名，把个人迫进取舍的死角，而正正在角落的围困里，个人必须在万分焦虑与挣扎的状态下质问自己：你要怎样选？你到底敢不敢选？而无论怎样选，你敢说自己选得对？

由这角度看，"我的金庸"呈现的非如黄碧云所说的"幼稚"和"狭隘"，而刚相反，他是通过主角的焦虑和挣扎而对大传统、大道统、大道德多有反讽。

"两难困局"是真实的却又是虚假的。在历史情景下，困局处处，人间不易，但当书中人在做抉择之际或之后，往往领悟困局之为困局只不过因为你接受它、认同它，若能登高望远甚至远离江湖，困局即与你无涉无干。

金庸故事之撼动华人，这或是本旨。

C. 金庸自己的说法

黄碧云卅年前撰文谈《书剑恩仇录》，指故事说的无非是"忠孝节义"的大纲领，所有人物只以此独一无二的标准来衡量善恶，孝者义者忠，忤者逆者奸，鼓吹的是"封建意识"并"重视传统对个人的压迫"。

或许是吧，但又不见得全然是。毕竟《书剑》以至其他金庸作品皆以历史为叙事背景，封建时代的封建意识，在那背景下几乎已是必然，但说作者用意或作品效果在于"鼓吹"或"重视"，倒易低估了作者的复杂心意和读者的主动认知。

作者想写的是什么？

金庸自己说过了："我希望传达的主旨，是：爱护尊重自己的国家民族，也尊重别人的国家民族；和平友好，互相帮忙，重视正义和是非，反对损人利己，注重信义，歌颂纯真的爱情和友谊；歌颂奋不顾身地为了正义而奋斗；轻视争权夺利、自私可鄙的思想和行为。"

如此复杂的价值观显然不是"忠孝节义"所可网罗，即使勉强笼统地归纳到这四个字的大招牌下，其中亦有不少裂缝和褶皱，甚至常有冲突和矛盾，而亦正是冲突和矛盾驱动了情节张力，并引发阅读过程里的快感和愉悦，把读者迫到某个处境，不断叩问自己，何时应该顺从，又何时应该违拗。甚至某些金庸作品会在"忠孝节义"的脉络下用或明或暗的方式反讽、反思忠孝节义的存在合理性和荒谬性，暴露了忠孝节义的处处裂缝，以及其他的可能出路。

D. 金庸小说的悲剧感

金庸作品人物丰富，有铁杆愚忠者，有被迫忠诚者，有不屑逃离者，有私心伪装者，有飘然远引者，似难被"忠孝节义"的大帽子一网打尽。压轴的《鹿鼎记》是最佳范例，青楼之子韦小宝，以及他的江湖朋友、他的朝廷联盟，以至皇帝大人，各占其位以谋其私，忠孝节义并非不重要，但往往只是用来谋私的论述工具，生存固然不易，谋私却亦要讲策略，忠孝节义至此如同只供玩弄的"游戏语言"，忠者佞者皆没有认真对待。

但金庸倒未停笔于策略层面，否则便变成商战或谍战戏了，他反而写出了在各式策略下面的挣扎和抉择，一味效忠的小说闷死人，一味反抗的小说亦甚幼稚，真正动人的是在忠与佞之间的摇摆和怀疑，以及此间的情和爱和义和报和仇。

当然，尚有在这一切之上的天意和宿命，人在其下，常有万般无奈。所以金庸作品于曲折之余另有一股淡淡的悲剧感，不过常受论者忽略罢了。

街头的
另一个江湖

武林只留心间，
在这新新香港。

街头打斗

两个男子在地铁打架，先在车厢，再到月台，最后竟把深水埗站的售票大堂作为擂台，拳来脚往，像在众人围观下拍功夫电影。

有人拍下视频，上传网络，网民点评招式功架，各自派嬲[1]或点赞。也许打斗者当时已经心知肚明，有人看的，必会有人拍摄并上网，在奇观社会里，所有动作都是视频里的一个镜头，并且长久留驻，输的人是"永远"输了，赢的人亦是赢了一辈子。所以必须打得卖力认真，即使输了，亦不可以输得太难看。面子要紧，网上的面子比真实的颜面更为要紧，不可儿戏。

不知道是否只因为拍摄镜头无处不在，我们便易

1　粤语"嬲"意为"生气、发怒、厌恨"。

昔日北角码头地下茶水档

感觉有愈来愈多的街头打斗。或许打斗频率并无增加，增加的只是我们"看见"打斗的机会，便错觉社会更趋暴戾。社会其实一直不如想象中的和平和善良，只不过，先前眼不见为净，一旦见到了，便觉惊讶。但说不定再过几年，看多了，由惊讶变成麻木，不再大惊小怪，到时候唯有血肉横飞始能引动大家的注目点评。暴力如贪念，是会升级的，像吃辣，由小辣而中辣而大辣，不知不觉已是无辣不欢，"祥和"反而变成不寻常，让人觉得不太自在。

但话说回来，街头打斗真的没有增多的趋势？

我无法确定答案，有待学者用社会调查数据解惑，但在此以前，我难免想到弗洛伊德式的、听来有点幼稚的"转移理论"。

在禁限重重的时代里，暴戾的冲动完全可以理解，像陈木胜的电影《怒火》，每个人都在心里有盆愤怒的烈火，烧着、烫着，熊熊地、呼呼地，令人浑身不安，通体的不爽快。压抑像一具涡轮机器，会搅卷出强烈的气流，积困在胸中和喉间，你无法用言语尽情倾诉，你不敢用脚步上街宣泄，怒与怨，怨与怒，重叠又重叠，把你逼得喘不过气。

由于升华不易，唯有改用另一个简单的疏解方式：转移。那就是，不自觉地找寻其他方便的对象，把怒与怨投掷到其头上，发泄那应该发泄却无处发泄的压抑情绪，而目标通常是三类人：弱势者、陌生者、过失者。

弱势者，是被你认定为好欺负的人。权力比你弱，体力比你弱，条件比你弱，足以让你安全地发泄积压下来的郁气。

陌生者，是你不认识的人，非亲非故，跟你的现实生活扯不上关系，所以不必顾虑情面与体面，要骂就骂，想打便打。

过失者，是被你判定为"犯错"的人，或是言谈上，或是行为上，或是法律上或道德上，总之，你觉得对方错了，总会忘记了"得饶人处且饶人"的人情伦理，狠狠扔出最硬最大的石头，有如见到杀父仇人，毫不留情，用肢体或语言暴力来"惩戒"对方。

许多街头打斗或是情绪转移的产物，我们哀矜毋喜，唯有多自警惕罢了。

贼仔也无奈

　　不知道是否心理作用，隐隐觉得打劫抢掠之类案件增加了，多了一些"孤狼式"的小型犯罪，街头似乎愈来愈欠安全，甚至出现一些带着闹剧性质的案件，譬如说，拿美工刀打劫，仿佛重演上世纪90年代的港式笑片桥段，非常无厘头，非常香港。

　　也是"合理"的吧。这个"理"，当然并非法律上或道德上，而是有根有由的道理，能被理解推敲，像一位姓毛的先生曾说的，如爱，也如恨，不会无缘无故。

　　晚上10点后的街道皆已黯黑悄静，岂会不予人可乘之机，或早有预谋，或一时冲动，出手做了不该做的犯法行为？普通店铺关门了，连便利店也休业了，夜店更是早已停业，原先灿烂闪亮的招牌变成了一块块有字无光的塑胶板，硬愣愣地悬着，在阴暗里立着、

吊着，乍看似一块块的墓碑。有一回走在上海街，冷
清清的萧索夜路上，旧楼唐楼一幢幢排在眼前、灰暗、
迷蒙，像一座座的坟头，悬挂着的熄灯招牌更似坟前
碑石，看不清上面的字，忍不住联想它们统统一样：
香港之墓。生于几年几月几日，卒于何年何月何日。
因为诸种理由，我城沦落至此，千里孤坟，无处话凄凉。

旧楼唐楼的转角处，仍有窄裙女子们站着，衣服
紧紧包裹身段，更显出身材的臃肿，站在这样的街头，
绰绰影影，恍恍惚惚，像是游荡于坟间墓间的鬼魅。
尚未投胎的鬼，刚到阴间的鬼，又或是《聊斋》里的狐
妖蛇怪，总之不是希腊神话里的海伦，她们在召唤一
段廉价而短暂的温存，付费者感受到肉身的暖意，而
当把取得的钞票放在手袋里，她们亦会觉得热气腾腾。

猜想有些抢劫正是在这样的夜里发生，也不限于
上海街，而是任何可供下手不良的阴暗角落。走在街
头巷道，楼梯间，忽然闪出一个黑影，手持尖物，威
胁你交出钱财。这情景，老派说法是："咪郁！要钱
定要命？"[1] 而你呆呆站着，吓得手腾脚震，唯有乖乖

1　此句意为："不要动！要钱还是要命？"

70 年代抢劫案发后的
香港街头

听话，钱财身外物，等到贼人走了，你才把手掌围拢在嘴边，厉声高喊："救命呀！打劫呀！捉贼呀！"

然而时代毕竟不一样了。看了一些网络新闻，不少人遇劫时的即场反应并非认命而是反抗，男的女的都一样，一边推撞一边喊贼，怕是怕的，但再怕仍要抵抗，不甘被欺凌，奋身一搏，冒险行事。只是维护财物？可能不止啊。有段网络视频访问被劫的男人，他咬牙说，到处有 CCTV，如果我似只绵羊就范，甚至向贼仔低头求情，万一片段流出，我岂不是面子尽失？以后点样[1]见人？

所以，钱财以外，维护的亦是颜面，这也重要，甚至更重要。

治安唔好，跟经济气候有关，却亦是人心动荡的侧影展现。但世界难捞，连做贼仔亦比想象中难，这是所有人的无奈了。

---

1 意为"怎么"。

江湖不景气

　　市面萧条，店铺休市，对我来说的最大得着[1]该是比较容易找到停车位，尤其在油尖旺区，昔日马路咪表十居其七被"代客泊车"的老兄占领，揾位难，只因他们需要"揾食"。

　　但善良兼八卦的我忍不住想，这些据说不少都有江湖背景的老兄们，如今要靠什么揾食？都"咬老正"，转回正职？问题是失业率节节上升，揾工唔易，更何况，做惯烂仔懒做官，真能顺利转型？

　　那么，都向社团大佬伸手索取支援，"食阿公"？但阿公有如特区政府，"资源并非无穷无尽"，果真应付得了？不知道社团有没有设立"失业救济金"之类制度，妥善安顿兄弟手足的日常生活？

1　粤语"得着"意为"利益，好处，启示"。

帮会帮会，帮者，除了是帮派，更有"帮"忙的意思，互相照应，互相保护，当然亦偶会"共同富裕"，地下社团其实隐隐有着某种微妙的"福利主义"精神。但这只是理想。现实里，帮派常见两种方向的冲突，一是社团之间抢夺油水，亦即所谓争地盘，堂口与堂口打个你死我活。这较常见于经济繁荣年代，根源于贪婪。另一方向是，社团手足矛盾互片，亦即所谓内讧，派系与派系杀个你死我亡。这较常见于经济不景气年代，根源于妒忌。我城近日经常传出黑帮暴力新闻，若统计一下，似以后者居多，正是"既患寡，又患不均"的江湖失衡状态。

跟一位老叔父谈起江湖近事，他感慨，上一回有如此大规模的"江湖不景气"，应是整整五十年前，话说上世纪70年代初，港英先让反贪污部门独立运作，继而筹备成立廉政公署，山雨欲来风满楼，跟社团有"深度合作关系"的警界人士，走路的走路，退休的退休，拘捕的拘捕，又或稍微收敛，静观其变，社团失去皇气靠山，诸事不顺。

当时的重灾区是地下赌场，亦即大档，港九新界合共有几万名"捞偏门"人马依靠这些大档揾食，除了三合会分子，也包括赌场内外的装修师父、茶水阿姐、清洁阿婶、"性工作者"等等，大档结业了，他们也失业了，一时之间，鸡飞狗跳，风声鹤唳，叫苦连天。那阵子，较有名气的赌场例如青峰顶、大利、金华、时代、凤鸣、福利、福基三六九等，说执就执，几乎尽于一夜之间熄灯关门，相关员工没有遣散费，唯有八仙过海，各显神通，自求出路。所以那段时期，街头劫案频生，一些人执起一块砖头或拎起一把螺丝批便去"劏死牛"[1]，无他也，逼上梁山，为的不是义而是利，却亦非暴利而只是区区的食饭救命钱。江湖落魄，自有凄苦。

　　老叔父说那阵子也多了江湖内讧，因为有极少数赌档竟仍营业，而且盈利丰厚，却又不跟同门兄弟分享，怨恨遂起，冲突乃至。

　　江湖不景气，历史再重演，确是人间如戏。

1　粤语"劏死牛"意为"拦路抢劫"。

四海九州尽姓洪

搞出个大头佛的宴会被广称为"洪门宴"，一语三关，是具创意的港式幽默，足以牵动各式的有趣联想。

身穿"东莞式"西装、揽女唱歌、对酒狂欢的主人家姓洪，其寿宴被称为"洪门宴"，意思明确，本无歧义，是最基本的理解。但因"洪"与"鸿"同音，洪门宴可以读成"鸿门宴"，便多了一层历史嘲讽。

鸿门宴，两千多年前的那场盛会，各路英雄狗熊在帐篷前面吃肉喝酒，亦有媚歌艳舞，主宾之间，出出入入，迟来早退，笑里藏刀，钩心斗角，其间显露了机智与愚蠢、怯懦与勇气，是人性本色的大集合。

当夜现身的人，或抱拳拱手，或相拥狂笑，或挤眉弄眼，无不在心底各有一个关乎政治权谋与商业利益的小算盘，明朝林光宇以诗描述个中复杂："翳云埋空日色黄，一龙一蛇间相将。指天有约公莫舞，后入者臣先者王。此日鸿门判生死，战场咫尺华筵里，汉王若失我为禽，宝玦无光玉剑起。"今虽已无项羽与刘邦，更无范增、张良与虞姬，然而只要人性的贪婪与虚伪仍在，形形色色的"鸿门宴"仍必继续，在这里，在那里，地球每个角落、每个世代，无处不有"鸿人"出没，注意不注意，跟随不跟随，悉由尊便。

至于第三层延伸联想，在于"洪门"二字。洪门，江湖大帮派也，至今仍在，在世界各地皆有派系分支。此前的洪门，人所共知是反清的地下组织，却又是半公开的民间社团，势力之广之深，其实比上海一带的青帮更为犀利。洪门有诗曰："和牌挂起路皆通，四海九州尽姓洪，他日我皇登大宝，洪家哥弟受皇封。"其气魄与自信，深含胡兰成所说的"民间起兵"的昂扬大志。可是，三合会终究是三合会，愈是人多势众，愈是各怀鬼胎，尤其到了现下，多的是流氓烂仔，少的是志士仁人，洪门若真有宴，亦不会是什么纯良的活动。

其实，我最感兴趣的是"洪"姓起源。有个传说的神话版本：洪，本为"共"，或称"共工"，是黄帝时代的水神，专管水利安全，其后，他不服帝命，想谋反，争天下，结果被镇压了，他还于盛怒下一头撞倒了撑住天地的不周山，最后被放逐到南方，等于在地理上"隔离"。水神后代在南方定居后，为了不忘祖辈的显赫地位，乃在"共"旁加上三点，"共"变为"洪"，从此水头充足，世传百代，开枝散叶，尤在江苏和福建一带大盛。

另有其他说法是，宋元时代有回族进入中原，用原姓的音译改为姓洪；亦有满族人士，包括爱新觉罗，于清末因政治考虑改姓为洪……不同的版本皆有悬念甚多的故事，追之寻之，趣味必比跟在新闻屁股背后作无效怒骂更为动人，也较不伤肝损身。

大战荔枝角道

　　有读者来邮请我推介师父让他学功夫。抱歉有负所托了。我对功夫——如同我几乎对人间的所有事情——完全纸上谈兵，凡是落实于操作的，我皆手足无措，看来读者最好上网搜索，相信必有许多像"食评"一样的"武评"供参考。

　　前阵子倒去深水埗逛了又逛，一路抬头望向六七层高的唐楼，想象楼顶的天台，昔年许多曾是师父手把手地教导功夫之地，徒弟们下班后前来习武，师兄弟练习过招，浑身肌肉，满背汗水，嘿呦猛喝之声冲破宁静的夜晚。结束后，围炉吃粥，或到楼下大排档消夜，此之所以学过功夫常被戏称为"食过夜粥"。从现下观点来看当然搞笑了。吃消夜易胖兼不利健康，冲销了练功的强身初心，然而在当时，这叫作团结，叫作合群，叫作"solidarity of masculinity"（阳刚之气的凝聚），在混沌的殖民乱世里，有实际的社会功能和生活意义；时空不同，世相有异，若任何事情都只懂用今之眼光去看，看了亦是白看。

那天心血来潮，在网络地图上找一找"陈斗跌打医馆"，竟有清楚标示地址，但按图索骥到了荔枝角道唐楼，却无招牌，只有条长长的楼梯，梯级尽处是铁闸，门后是一层层的普通民居，猜想医馆早已搬走，只不过网图没有更新。我唯一能做的是站在楼梯上，装模作样地摆了一招猴拳架势，请同行朋友拍张照片，纯粹好玩，不为其他。这楼梯有几分似甄子丹《叶问》戏里的决斗情景，我在这里拍照亦算是一种沉浸式体验游戏。

陈斗师父是广州名师，专擅蔡李佛拳，独门功夫是铁马骝拳，曾经参与武术电影，也做导演和监制，其后南迁香港，与妻谢金河共营跌打医馆，招收门徒，甚负盛名，而且大家尤其记得"陈斗大战谭汉"的那段武林花边。

话说 60 年代中，某天，陈斗师父如常饮早茶，邻桌坐着另一位武术名师谭汉，声调洪亮，可能吵到了陈师父，两桌渐起冲突，初则口角，继而动武，陈斗外号"大力士"，身材高大，较占便宜，一手执住谭汉的衣领，打了两三拳，但谭汉亦非省油的灯，奋力还击，据说由茶楼打到街上，至于胜负，有不同版本，因为据说终究只是据说。

另一据说版本是，两人的冲突地点并非茶楼而是街头，擦身而过有所碰撞，打起来了，由荔枝角道打到南昌街，拳来脚往，好不激烈。好事者纷纷站在楼房骑楼上观战，一边是铁马骝拳，另一边是十二路谭腿，打了一轮才有警察现身，各有手脸损伤，却又分不出胜负。而我想象，他们日后可能约到嘉顿山，即昔被称为喃呒山的那个山头，再战一场。月黑风高，武林讲手，另有不可告人之刺激。

俱往矣。深水埗再无武林也再不需要武林。武林只留心间，在这新香港。

一辈子买过几把雨伞？

　　天气不稳定了一阵子，暴雨之后阳光，阳光之后小雨，出门无法不把雨伞塞进手提袋里以防万一。进入商场时，门外不提供塑料袋了，只放着一具抹拭机器，里面的绒布却湿淋淋，不见得能把伞上的水吸干，唯有自备胶袋，又是另一种污染之源。日常生活有各种小烦恼，只好慢慢适应。

　　近来索性携带长雨伞，挑了一把木柄的，手把有个可爱的小猫头，上了年纪的人装萌装俏，懒得理会别人如何看待，自己开心便好。长伞，重归重，好处却是伞面通常较宽，一人两人皆可在其下避雨；而且，既可用来做拐杖以防滑倒，一旦遇上奇奇怪怪的人，更可用作防身武器。我渐渐对它有了感情，平时搁在门后，出门散步之际，我会对它说一句："走吧，小猫，我们出发了。"无人陪伴，唯有雨伞为伴。

问题是，不知何故，雨伞似乎不太耐用，才两个星期，开关的按扣已经微微松脱，我忍不住对它感慨，你的"衰败"速度竟然比我还快。人伞俱老，但是物我不两忘，我把它放到柜子里，舍不得扔弃。

那就只好再买一把新的。依然是猫头手柄，我是猫族，对猫情有独钟。握着手柄，仿佛有只猫咪在舐我的手指，换了是狗头，恐怕会担心它会忽然咬我。我不仅对狗无感，也怕狗，或因小时候被邻居的狼狗咬过屁股，从此无法视它们为朋友，敬而远之，我和狗说不定前世有仇。

一个人，一辈子买过多少把雨伞？又不小心遗留过多少把雨伞？应该没有人做过统计。若问我，猜想扔失过十把八把总是有的，大头虾，在外用膳时把雨伞留在店门外，离店，没雨了，天晴忘了伞，等于"好了伤疤忘了痛"，有点没良心。大多数时候是懒得回头去找，也曾回头却找不到，被其他客人顺手牵羊。

嗐，其实我也顺手牵羊过。年少轻狂，十来岁的某天走在路上，天色说变就变，只好进入商场躲雨。过了一会儿，不耐烦再等，却又不愿意被淋湿身，竟然无耻地随手在商场门外的雨伞里抽出一把，一声唔该[1]地撑着走远。还记得那是一把女装伞，粉黄色，走着走着，荷尔蒙勃发的我有了暧昧的联想。这当然是不道德的行为，而且是"双重不道德"，偷窃兼意淫，罪过罪过。只能自我安慰，谁在年轻时不曾犯过如此或如彼的错呢？最重要的是要明白那是错，羞耻心是上进之源，改过为善，错误才算有了"意义"。

　　另外我也很懂用一句"或许对方前世欠我一把雨伞，今世要还"来合理化一切。像海里的水变成云，云多了，下降为雨，是生态的循环，而在人间，前世欠我今世还，或者，今世欠你下世还，亦是因果的循环，这无法证伪也无法证真，但用这逻辑想一想，心便宽。在不准再撑黄色雨伞的日子里，我们都只能做阿Q了。

---

1 "唔该"是广东话里使用频率很高的礼貌用语，在请求或感谢他人时使用。此句意为"随意扔下一句'谢谢'便撑着雨伞走远"。